U0450498

假如人生荒废了一段

STARTING OVER

张佳玮 著

© 中南博集天卷文化传媒有限公司。本书版权受法律保护。未经权利人许可，任何人不得以任何方式使用本书包括正文、插图、封面、版式等任何部分内容，违者将受到法律制裁。

图书在版编目（CIP）数据

假如人生荒废了一段 / 张佳玮著. -- 长沙：湖南文艺出版社, 2025.4. -- ISBN 978-7-5726-2316-5

Ⅰ. B821-49

中国国家版本馆 CIP 数据核字第 2025RL7579 号

上架建议：散文·随笔

JIARU RENSHENG HUANGFEI LE YI DUAN
假如人生荒废了一段

著　　者：	张佳玮
出 版 人：	陈新文
责任编辑：	匡杨乐
监　　制：	王远哲
策划编辑：	王婧涵
文字编辑：	王成成　赵　静
营销编辑：	秋　天
封面设计：	梁秋晨
版式设计：	利　锐
出　　版：	湖南文艺出版社
	（长沙市雨花区东二环一段 508 号　邮编：410014）
网　　址：	www.hnwy.net
印　　刷：	三河市天润建兴印务有限公司
经　　销：	新华书店
开　　本：	875 mm × 1230 mm　1/32
字　　数：	158 千字
印　　张：	8
版　　次：	2025 年 4 月第 1 版
印　　次：	2025 年 4 月第 1 次印刷
书　　号：	ISBN 978-7-5726-2316-5
定　　价：	52.00 元

若有质量问题，请致电质量监督电话：010-59096394
团购电话：010-59320018

目录

第一部分

人生很长，每个人自有其际遇与命运

普通人，怎么才能稍微接近一点自己喜欢的生活？/ 002

假如人生荒废了一段 / 007

人的巅峰年龄 / 011

几岁时最快乐？/ 016

人生里最好的一段时光 / 021

所谓完整的人生 / 026

我们可能忘记了，自己曾是怎样的熊孩子 / 031

"怎么就你各别" / 035

变成自己曾经讨厌的样子 / 039

达到了目标，为什么不快乐？/ 043

回到童年时，人会更快乐吗？/ 048

谁让你最好欺负呢？/ 053

未完成的念念不忘 / 056

我们的记忆墙 / 061

一定是他自己的原因！/ 066

第二部分

别活在想象中的比较链里

爱情的意义，是爱情本身 / 072

朝朝暮暮 / 075

"只要不动心，就不会输了" / 078

不表白能避免什么，会失去什么 / 082

甜言蜜语 / 091

人能够投入爱的时光，到底有多长 / 096

所谓体面的婚姻 / 100

自己的事情 / 103

父母的掌控欲 / 108

从父母那里独立 / 113

长辈们的马后炮 / 122

所谓传统的规矩 / 125

比较与压力 / 128

不幸与落井下石 / 133

第三部分

**乐趣
是最好的动力，
别的都是噱头**

如何找到自己的天赋？ / 138

丁香园咖啡馆与迷惘的一代 / 142

哄世界久了，自己都会信的 / 145

为了当个好人，连逃避这个念头都想逃避 / 148

我们都在为什么压抑自己 / 156

我认识的那个谁谁谁 / 162

找点借口吃点肉，人才能活下去 / 166

留到最后再吃 / 170

曾经努力过的悲剧 / 175

成名的早与晚 / 179

书读不下去怎么办？ / 182

第四部分

绝大多数人的性格都是一个套餐，没法单点

后悔与补偿 / 190

让步与底线 / 194

哭声与笑声 / 198

如何应对焦虑 / 203

优点、缺点与经历 / 207

休息 / 210

安全感 / 214

睡多久才是对的？ / 220

休息时间 / 225

只管开始做 / 229

穷怕了 / 236

精神股东 / 241

PUA 消费者 / 247

人生很长,
每个人自有其
际遇与命运

第一部分

普通人，
怎么才能稍微接近一点
自己喜欢的生活？

人与人应该平等，这是应然。人与人生来不平等，这是实然。

一个理性的人，该朝应然努力，但接受实然——朝梦想努力，但认清现实。相对不那么天赋异禀的普通人，想过上自己喜欢的日子，多少得做些取舍：尽量努力追求自己渴望的东西，舍弃一些别人认为你该拥有，但自己并不迫切想要的东西。

二十世纪九十年代中叶，想要考进我故乡当时最好的初中，就要通过这所初中的入学选拔考试。入学选拔考试设了些门槛以资筛选，比如小学奥数啦，一般小学生不会掌握的英语知识啦，等等。想要通过入学选拔考试，只凭小学里学的东西是不够的。

本地最优秀的两所小学，会提前教授相关的知识，这两所小学的学生可以一个班一个班地考进去；不那么好的小学，每届也就一两个学生能考进去。

我不想另外找老师补习；以当时我的家境，也请不起老师。于是，我骑车去新华书店，买了几本小学奥数书和英语原著自学。后来我所在小学的那届毕业生，有两个学生自己考进那所初中，我是其中之一。另有三个同学，花了三万人民币进了那所初中。二十世纪九十年代中叶的三万人民币对普通市民而言分量有多重，后来我通过听爸妈到处吹嘘，才意识到。

爸妈夸我无师自通，没请老师，就顶得上别人家请老师的。只有我自己知道：许多东西，有老师的孩子有人引导，事半功倍，我得自己花更多时间琢磨。在相同学习能力之下，我比有老师的孩子费时间得多。好在我从小就喜欢自己在家读书，不爱出门玩，也习惯一个人。多花点功夫，也能自学妥当。

好在当时的世界也很单纯：只考几门试，就能改变命运。

后来我去上海上大学。在读书期间，我写东西，出了四本书，被出版社拉着跑活动。后来我搬出宿舍，自己租房住。当时我自己买菜做饭，以求省点钱——也顺便上上课以求拿学位。上大四时，我一边写毕业论文，一边写稿挣房租时，外地同学大多在投简历，本地同学大多已经找好了工作。大学毕业了，同龄人在上海上班，买房买车，成家生子。我写东西，攒钱，学法语。人世间参差如此。

我二十九岁那年攒了点钱，决定到巴黎读书。在巴黎时，身边的同学有比我年长、攒钱更久的努力型，也有"男朋友在欧洲读博，于是我也读一个学位顺便陪陪他"这样的潇洒型。自然还是年纪比我小，在父母的资助下出国，只图念个学位，闲下来到处玩耍拍照的同学多。我则白天上课，晚间写字来养自己。但从小到大，习惯放弃些什么之后，也就不觉得有问题了。

我有位朋友，她有位爱她的先生当她的后盾，所以她有时间悠然自得地写自己想写的东西，玩自己想玩的艺术，她还时不常劝我"少写几本书，少写几篇专栏"。她不一定知道，自己可以轻松度过的人生，我得花更多时间才补得周全。每个人时间就那么多，能做的事也就那么多，所以无非如此。像我，总得放弃点安全感，放弃点社交，不太介意自己做饭，不太在意长期租房过日子，好留下点时间，做自己想做的事。

世界总会劝诱你，让你生出新的需求：要收齐各色宝贝，人生才完整，诸如此类。但如果一股脑都去争取，最后往往目不暇接，疲于奔命。毕竟有些人达成目标，只需要伸手踮脚；普通一些的人想要达成目标,却可能得玩命奔逐,最后多半还无法达成。

我由自己的经历,得着些极朴素的想法:人日常需要,用以维持基本生命、基本乐趣的东西,可能没那么多。简单点,会舒服些。抛掉些不那么迫切想要的,能离自己想要的近一些。

欲分辨需求的优先度,也很容易,只用自问:"我真的喜欢这玩意吗?还是希望别人知道我有这玩意?如果别人不知道我有,那我还会不会想要它?"

当然咯,世界除了劝诱你去追求些你不一定需要的东西,还会给你一些看上去免费的好处。但以我的经验,世上没什么免费的午餐。免费的东西最贵。能一次性买断的,都会简单些:钱货两清,不再牵绊。没法买断的,汲取的可能就不只是你的钱,还有你的其他:精力、时间、注意力。

许多人的生活,会按着周围的流程,"大家该有,我也应该有"——一套配置上了身,于是走上了所有人一起挤着走的道路。有时候你觉得自己没做选择,只是做了最普通最正确的事;然而不做选择本身,也是一种选择。走远了之后回头看,会相对明白些:自己已经背上的,自己已经放弃的,到底是什么。

所以,大概是这样吧:

人与人应该平等,这是应然。人与人生来不平等,这是实然。一个理性的人，该朝应然努力，但接受实然。

比起某些生来被铺好了路，可以无忧前进，什么都只需要踮踮脚便信手拈来的人，普通人没法指望跟他们全面攀比。如果还一门心思背负着同侪带来的压力跟所有人比高低，很容易陷入其中无法自拔。

那么，只好抛弃些自己相对不在意、就算没得着以后想起来也不会太遗憾的东西。

这样，才能稍微专心做点自己喜欢的事，度过稍微顺意一点的人生。

假如
人生荒废了一段

我大学宿舍里,当年有个荒废型学生,姑且叫他荒废一。荒废一不太爱上课,爱打游戏、看闲书,跟舍友的交流主要是聊电影、交换打模拟器老游戏的心得。大二下半学期,他基本搬出去住了,大三租定了房子,就完全住外头了。当然,许多东西还是留在宿舍里,考试周也会回来住一下。他除了上课应卯,对其他事都很消极,也不实习,也不找工作。

我还有一个同届同学,姑且叫他荒废二。他乍看很闲散,也不太爱上课,平时在食堂里蹭吃蹭喝的时间,多过在教室。但他英语很好,性格豪迈。大四写论文时,有许多需要翻译的细碎东西,都是他给大家帮的忙。他弄完了,大家当然请他吃东西咯。

再说我另一个同届同学，姑且叫他荒废三。他喜欢蹭校园卡，蹭吃蹭喝蹭洗澡，捯饬得一身清爽，然后在宿舍打游戏。他是很认真地打了四年游戏，是宿舍楼里的游戏万事通。

若跟我说，她大学宿舍楼里，也有个姑娘，看着不太认真学习。姑且叫她荒废四。她上课不算用心，在大学期间就喜欢做短途旅行，经常不在宿舍里。她性子冲，常跟宿舍里的人吵架，一吵就容易激动，还会在宿舍QQ群里跟人吵得急赤白脸的，人缘并不算太好。

荒废四后来毕业了，一时没找到工作，就去了某外国度假村工作。

荒废三后来毕业了，回老家城市去，找了个企业上班。

荒废二大学一毕业就去了英国，我们都感叹："哦，学英语是为了这个！"

荒废一大学毕业了还是没工作。

五年后，荒废四因为勤苦肯干，被外派去度假村海外分部了。

荒废三继续在老家企业工作。结婚生子，顺顺当当。

荒废二从英国回来后，跟人合伙开了个培训机构，算是一个小老板。

荒废一还是没有工作。

又三年后,荒废四成了度假村欧洲某分部村长。

荒废三慢慢地在本地企业,按年资升了中层,好好地带儿子。他还是爱打游戏,时不时跟老同学交流心得。

荒废二继续做小老板。

荒废一还是没有工作。

许多人听到类似同学的故事时,都有一点期望,且容易走两个极端:或者希望听到这人一路荒废到底,或者渴望听见这人一鸣惊人,以便满足"从小一看,到老一半",或者"今天你对我爱搭不理,明天我让你高攀不起"这两种心理。越走极端的命运,越容易吸引眼球嘛。

然而接触的人多一些,自然明白:这些例子,并不具有必然性。相当一部分人,曾经的高低不过是他们的一段人生经历。将来进了社会,吃点苦受点罪,或多或少都能调整过来。最后,大家都还是前赴后继地过上普通人的日子。

大概人世间的事复杂万端。各有各的路,未必有共通性。一个人在生活每个阶段的经历,都不一定与以后的生活状态有必然联系。有人苦了半辈子,后半生得志;有人顺了半辈子,却突然遭了厄运。绝大多数人则是苦乐参半，平淡度过。

我们所能看到的一个人的生活侧面，往往参照价值有限。毕竟大多数人展示给他人看的那一面，无论刻意或无意，都很片面。觉得自己在学生时代，或以后的什么时代里荒废了时光，也不要紧。那些小时候大嚷"要赢在人生起跑线"的人，最后未必赢了；每个阶段都要力争上游是件好事，但不一定就此决定人生。

人生很长，每个人自有其际遇与命运。

一段时间里，做自己觉得对的事就好。

只是，无论自己是荒废还是上进，都该放低对自己的期待值。因为众所周知：压力来自已有的挫折、冲突与矛盾，以及对不可预期未来的焦虑。心态的好坏，到最后取决于预期管理。如果能早早地明白"我所付出的与所得到的未必成正比，此刻的人生未必能直接影响到之后的人生"，早早地学会不要擅自归因，别总琢磨着"我现在不顺一定是以前做得不对"，大概更有利于此后的生活。

世上许多事，真就是随机的。放轻松点前进也许会好些。当日所种的因，未必立刻就能结果。委屈自己做许多事，也未必能顺心如意。接受这种相对开放的可能性，有利于长期心理健康。

顺便告诉大家，我就是文章开头所说的荒废一。

人的巅峰年龄

人的巅峰年龄，该是多大呢？

如果按日本少年漫画的逻辑，大概高中时代是人生的最佳阶段了吧——毕竟好多日本漫画中的高中生都能随意创造人类极限传奇，高中毕业就登上人生巅峰，扬名立万，抱得美人归了。

如果按金庸小说的逻辑，大概是二十来岁吧？——除了杨过等少数年过三旬才名扬天下的，或者如韦小宝这样要按照历史年代完成任务的人物，金庸小说大多数男主角二十来岁就达到人生巅峰了。

《三个火枪手》里，达达尼昂不过二十来岁，他的三个哥们里，背景最深、能耐最大、最为忧郁老辣的阿多斯，不过三十岁。《基督山伯爵》结尾，富可敌国、全知全能的主角觉得自己已经老了，配不上年少的海蒂了——那年他已年近五十。

村上春树的小说主角，多是三十来岁——哪怕村上春树自己年过七旬了，主角依然如此：独居，喜欢喝酒、听音乐、读书、看电影，也许养猫。

像《深夜食堂》这部漫画，作者自己开始画漫画时已经年近四旬，所以里头五十多岁找到真爱、七十多岁还在谈恋爱的故事，俯拾皆是。这也显得出日本步入老龄化社会了，大家的恋爱，也都越谈越老了。

想必您也明白了：虚构作品，总得这么设计。给年轻人看的故事，就把主角设置得年轻；给中年人看的故事，就让主角在中年才功成名就：为了让读者有代入感嘛。

所以正经地说，一个人到底多少岁才能达到他的人生巅峰呢？

古代，营养和医疗条件差，平均寿命短，所以人也成熟得早。十来岁成婚生子的所在多有。《红楼梦》里，王熙凤二十来岁，已经是当家少妇的身份了。成熟得早自然也老得早，苏轼"老夫聊发少年狂"时，不过四十岁左右。朱自清先生写出沉重苍凉的《背影》时，还不到三十岁。古代人杜甫感叹人生七十古来稀，年纪大一点，身体就容易出问题。

但即便是上古时代，人的巅峰年龄也有的说。古希腊时期是最崇尚身体健美的时候了，斯巴达是最尚武的城邦了，但好像也不尽是崇奉少年。斯巴达公民一般年过三十岁才娶妻生子，兵役则要从二十岁服到六十岁。斯巴达的长老会议是最高权力机关，除去两个国王外，需要六十岁以上公民方可入选。大概生活在公元前的斯巴达人也明白：不同的年龄，长处也不同。少年适合上阵打仗，老人适合运筹帷幄。

体育爱好者大概更能理解：比如对于二十世纪八十年代的职业足球，球员到三十岁，其体能算是要下滑了，但在现代营养条件与训练条件下，职业足球运动员三十来岁，那还活蹦乱跳呢；网球，以前打到三十岁算老将，而到二十一世纪，德约科维奇、纳达尔和费德勒都是三十五岁之后还在巅峰期；NBA，二十世纪八十年代，在赛场上打十二三年，到三十三岁上下退役，是球星标配，如今打了十六七年甚至二十年往上的球员所在多有。在最考验身体素质的体育领域，大家都越撑越久，何况现在体力劳动日益减少、越来越依靠脑力的普通人呢？如此这般，现代人摄入的蛋白质，远胜过古代人，而且现代人依赖体力的时候更少，平均寿命也随之延长，所以说现代人的巅峰年龄，也该更推后才是。

还是以竞技体育为例，竞技体育是个用运动能力兑换技艺与经验的领域。大多数天才运动员的运动能力随时间流逝，而经验技术日益增长。此消彼长之间，如果身体先垮了，那就是早衰；如果技艺大成时，身体还能保持巅峰状态，那就是老而弥辣。

村上春树有个小说《游泳池畔》，里头的男主角三十五岁。虽然自己也承认在变老，然而因为坚持锻炼，身体爆发力虽不及少年时，但持久力却比少年时还要好些。而且到三十五岁，他经济也优裕了，见识也广了，只要身体还成，理论上，三十五岁比二十岁时，要好得多了。

理论上，人年少时，除了年轻体力好，其实一无所有。学习，奔忙，工作，成长。用青春换取一切。到了某个年纪，不说不惑、从心所欲吧，至少能够自持了。按照现在一般人的营养摄入和现在的医疗条件，可以说我们的人生很长。别着急觉得自己老了，巅峰期过了——老这种事，等真来了的时候再考虑好了。

《红拂夜奔》里，王小波说，李靖是在放弃跟人证明自己很聪明时，才一瞬间变老了。王小波自己写出那些最有趣的小说时，人其实也四十多岁了，但我们读者不太会觉得，因为他的心态一直挺活泼。

历史上，李靖在五十岁那年才为李世民正经做点事。刘邦四十七岁开始起事。刘备在和此时的刘邦差不多岁数时刚遇到诸葛亮。日本史上浮世绘第一人葛饰北斋，六十三岁到七十一岁之间搜罗素材，七十四岁出版《富岳百景》。他曾如此感叹："我从六岁起就喜欢临摹，到了五十岁左右我的作品常被出版，但直到七十岁都还没画出什么值得一提的作品……希望到了八十岁的时候，我的技艺会有长足的进步；九十岁的时候，我能钻研透绘画中的奥义；到了一百岁的时候，我就能够达到神妙的境界……"到年近九十，将要过世时，他还说："我多希望自己还能再多活五年，如此我才能尝试成为一个真正的画家。"

大概，世上没有巅峰的年龄，只有人在不同年龄时所得与所失的落差。人当然无法抵抗生理规律，但具体看怎么分。体操运动员巅峰期普遍是十几到二十岁，足球运动员三十岁前后正当年，高尔夫球手可以打到四五十岁，国际象棋大师的巅峰期那就更宽了，托尔斯泰三十六岁还在折腾他的《战争与和平》，苏轼在黄州时是四十来岁，巴赫最好的作品多在其四十岁往后创作，海顿的音乐巅峰期一般被认为是在他的花甲之年了。通常越依赖体力的领域，在该领域活跃的人的巅峰年龄越小；越仰仗脑力和经验的领域，在该领域活跃的人的巅峰年龄越靠后。如果能在汲取经验、技艺并争取经济自由的同时，尽量减缓自己生理上的退步——简单说，变得更聪明，经济更宽裕，同时身体也别弄得太差——人大概就能一直延长自己的巅峰岁月啦！

毕竟，人只有在服老时，那才是真正老了。

几岁时最快乐?

我时不常会琢磨穿越回过去重当儿童的可能性。自然了,要穿越回去当儿童,一定得带着现有记忆回去。不然,岂非只是懵懂无知地重过一遍童年?好,既然如此,就得认真思考:回到几岁当儿童,比较划算呢?

回到十八岁?太晚了,都成年了,没法自称儿童了。

回到初中高中时期?唔,想想那时候就是上课读书、考试排名,初中生研究中考,高中生致力高考。懵懵懂懂,连自己喜欢的女孩子是谁都不知道,知道了也不好意思表白,表白了可能被老师揪出来叫家长,那回去干啥呢?就为了重温每天早起骑车上课、晚上日落骑车回家做作业吗？为了重新做受力分析、总结中心思想、完成方程配平、背诵全文、做完形填空、计算排列组合吗？不要不要。再往前面一点吧。

  回到十二岁？嗯，那年好像要考初中了。我还记得那时的小学，六年级小学生为了考上本地最理想的中学，得会点奥数之类的才艺，小学的最后一年，暗无天日（字面意义上的），我好像没怎么见过明亮的天空——早起摸黑上课，晚上摸黑放学。记忆里只剩下学校食堂里发苦的花菜与酸涩的番茄蛋汤。哦，还有一个篮筐完好的篮球场和一个摔伤过好几个同学的沙坑。唔，好像不太值得特意穿越回去……

  回到十一岁？那年家里好像连有线电视都没有，只能来回看几个无趣的无线频道，节目到点就停，连深夜电视购物节目都没有（我一度靠看电视购物节目取乐）。每周二下午还没电视看——暑假的难熬经历啊。那时想听音乐，只能自己去买磁带，放进录音机里；听完自己爱听的曲子，还得倒带重放。那会儿听港台明星唱歌，经常听不清楚歌词，只能靠磁带自带的歌词纸。所以我穿回去的乐趣何在呢？唔……

  回到十岁？仔细想来，当时家里的电视机好像连体育频道和电影频道都还收不到，想看球赛非常辛苦。那会儿球赛都在周日晚上播，作为孩子，我得早早睡觉。想看球赛，得趁爸妈出去见朋友吃饭晚归时，偷偷摸摸地操作——还得在听见他们到家时,赶紧熄灯睡觉。虽是如此,只要爸妈一摸电视,发现是"热的",就能把我的一切诡计揭破。

回到九岁?好像那会儿我都没啥游戏可打。那时红白机游戏卡还很珍贵,我只能拿着手里一盘买机附送的"52合1",来回刷《马戏团》《冒险岛》,然后很快死掉。现在想起来,我为什么要为那几个游戏殚精竭虑、呕心沥血呢?再说,那会儿我连《魂斗罗》上上下下左左右右怎么操作都不知道。

回到八岁?那时的我完全不会骑自行车,出门得靠爸妈接送,而爸妈得上班,这么一想,我连门都没法出。既然出不了门,那就在家吧!没电视看、没音乐听、没游戏打,那时家里的书就那么几本,一半还是我外公送的线装书。电影院是不会让我这种孩子单独去的。而且我没记错的话,当时还不是一周双休呢……

回到七岁?回到六岁?回到五岁?不让吃,不让喝,要被妈妈牵着到处走,见人叫阿姨,叫叔叔,叫伯伯,叫三姑妈,叫小舅婆……好像穿越回去,也没啥乐趣呀……

我估计许多人都有类似经历:想要回到过去某个时间段,感受一下快乐;但真回去当儿童,再细想想,还是算了。

我曾认真看着旧照片琢磨过:小时候的乐趣,并不如现在多——人长大了点,自由了,有点消费能力了,加上这个时代有互联网提供数之不尽的精神内容，比起小时候，快乐是翻倍的。如此想来，小时候唯一的好处，大概便是烦恼少？

可是我再深回忆，发现小时候烦恼也不少——只是时过境迁，我们都忘了。五岁时没买到的玩具，七岁时考砸的一次考试，九岁时被其他小孩弄破的一本漫画书，十岁时爸妈去参加一次家长会后黑着脸回来……现在看来那些自然是小事一桩，但当时的我可是会正经当一件大事对待呢。我有个朋友，搬家时翻到自己小时候的日记，发现小时候自己无缘无故为许多事操心，小到鸡毛蒜皮，大到天下苍生。现在固然一笑了之，但"当时也没一天是真开心的"。

当然，做孩子还是有一点福利，那大概是可以做熊孩子，出了事也没啥后患。童言无忌嘛，做错了事还有补救余地；但大概也没几个人真想回去做熊孩子，祸害自己的父母。现在回忆起来，当孩子烦恼少，自由也少。毕竟，许多孩子都得经历"爸妈做这些都是为你好"，难免被管头管脚。

这么想想，做儿童似乎也没有成年人乍一想的那么好玩，就像当成年人也没有少年时想象的那么有趣。小时候，许多人大概都希望快点长大。当时也许存过这样的念头，"长大了就自由了，想买什么玩具就买什么玩具，那样就没烦恼了"。这和现在"回到小时候，当个儿童，就没啥烦恼了"的想法其实是一样的：自己此刻不在的那个时空最为美好。虽然实际身处其中怎么样,那是另一回事。最美好的永远是希望与选择性的记忆或想象。

长大自然也有好处。小时候的幸福像猪八戒吃人参果,吃下去了却不知道滋味;长大了,多少知道人生的甜与苦。小时候一个铁环、一个陀螺、一本连环画就能带来的快乐当然更纯粹,但也是因为我们懵懂天真还不知道烦恼,以及没的选。长大了,人生多少有的选(至少比小时候多一些选项),虽常是烦恼焦虑之源,但也常是幸福之源。

我有个朋友,每到儿童节就要去某快餐店点儿童套餐吃。如上所述,穿越回去当儿童,其实没那么好玩;但作为成年人,偶尔享受回忆一下当儿童的感觉,却是人生福利。所以虽然童年少忧,到底还是长大了好——您看,长大了的自己,就有钱有自由去买儿童套餐吃,买自己小时候买不起的玩具,暂时躲避回童年里,却不用承担自己已经想不起来的童年时的苦楚;小时候的自己吃不吃儿童套餐,却得爸妈说了算,而且身在福中不知福,多半还不理解:

"为什么那些哥姐叔姨一把年纪了,还想过我们的儿童节呢?"

人生里
最好的一段时光

　　我以前有过这么一个迷信想法：未来总有段好时光在等我。命运像送快递那样会在意接收者的感知，每次要给你些东西时，都要按门铃给提示。想起小时候读的故事，都有些命中注定的开场：杜丽娘游了园，梦中会见柳梦梅；贾宝玉初看林黛玉，就笑称"这个妹妹我曾见过的"。不只才子佳人如此，连奸夫淫妇都有命运做主：潘金莲那段生死因缘，不就是失手落了叉竿，打在西门大官人头上吗？

　　我小时候还总想着，自己决然不是普通人。我的生活绝对不平凡，大概如一部八点档电视剧，自有无数转折与惊喜在等我；命运对我可周到了，不会设定我家隔壁的张三是我的理想伴侣，不会把我从小学到高中的同班同学李四当作我的命定情人。命运需要我去侦察叩问,像解谜题似的,找到一把把钥匙开门,到最后,才见得到意中人。事后想来,我大概把命运想象成了我的高中老师,幻想命运会对我说:"答对这些题才能得满分!不然就蹲班!"

反正就是如此,我总觉得,自己的人生里,总有一段传奇,在等着自己。孟夫子的话,尤其让人动心:天将降大任于是人也,必先如何如何,如何如何,让大家熬一段……所以我每次吃苦时都在想:过了这个坎儿,我命中注定的腾飞时刻就要来了……

当然咯,到发现命运这玩意不是这么回事,地球并不围着自己转时,人也就长大了。这事其实越早意识到越好,毕竟更残忍的案例是:每个人都有过最好的时光,但人身处其中时,未必意识得到,懂得珍惜。

法国人出了名地喜欢保护艺术家,他们制定艺术相关的法律,自己也引以为傲,觉得在法国原作者的权益比天还高。相比起来,美国法律就略功利,对传播者优待过头;德国和瑞士的法律则比较中庸,没啥特色。话说法国人定这法度的缘由,倒不是天然热爱艺术家,而是二十世纪中后期一些学者的研究证明,艺术家不保护保护，必然会死绝。

艺术史上有许多这样的案例：三十六岁之前走红阿姆斯特丹，之后二十七年人生惨淡不堪的伦勃朗；三十九岁那年只能看着妻子病重死去，到四十六岁才富裕起来的莫奈；没等到自己声名大显便自尽的凡·高；五十岁才真正有名的柯罗……大体而言，除了少数例外如鲁本斯和毕加索，孜孜不倦、创作不停、到晚年仍灵感迸发的常青树，其他艺术家多半只有那么几年巅峰岁月，才华耗干用尽，便即熄灭。而这定律，怕还不局限于艺术家。

朱生豪先生二十四岁始译《暴风雨》。三十二岁的冬天，他带着未译完《莎士比亚全集》的遗憾，因肺结核病去世，前后不过八年。

菲尔·G. 古尔丁毫不客气地说，莫扎特三十五岁过世；舒伯特更不过活了三十一岁，英年早逝；而海顿先生活到七十岁开外，留下无数名曲：如果他也在三十来岁过世，就没有如今的声名啦。

意大利史上最伟大的歌剧家之一的罗西尼，十四岁到三十七岁写了命运赐予他的三十八部歌剧，然后把剩下近四十年的时光拿来享乐。

莫里哀先生三十六岁之前生活平淡，三十六岁之后开始创作戏剧，然后把生命里最后的十五年都搭进去，死后被葬入圣地。

隋朝最后的支柱大将张须陀，他人生的前四十九年，最高官职也就是个"县级干部"，然后他在人生最后两年事业达到巅峰：如今他的传记里，全是他人生最后两年四处平寇、支撑隋朝末代江山的传奇故事。

巴顿将军在五十五岁之前，就是个脾气颇臭、才华横溢的美国军人；五十五到六十岁，赶上了二战，于是成了传奇人物。

我们熟悉的山德士上校，前三分之二的人生都不太如意，简直处处布满失败的痕迹；但在他六十五岁到九十岁这二十五年的人生里，这个曾靠领社会救济金生活的老爷爷，创立了肯德基。

命运这东西，就是没什么道理可讲：你无法预知欢欣、灾厄与传奇会在什么岁数急速降临，然后忽然离去。比这更令人难过的是，你不知道自己是不是还有那么一段巅峰岁月可以享用，甚至可能你的最好时光已经过去，被远远抛诸身后，而你还如猪八戒吃人参果，吃到肚里，却没尝出味道，偶尔想起以往，觉得"那也不错，但明天会更好"，没有意识到最好的一切，已经过去了。怎么对付呢？没什么法子。就像娜塔莉·穆罗说，艺术家的产品不能按流水线产品对待；须当给予时间，并在漫长职业生涯中对他们呵护……

我私人将这种思想归纳为：耐心温和地等待，并接受这个现实——每个人的命运是不同的，不要看他人的跑道，就过好自己的生活。他人的黄金时代也许在三十岁来临，你的黄金时代也许在二十岁来临，也许在七十岁来临，天晓得，但你总得准备好，当命运把球抛过来时，你得接得住。

也许最好的已经或即将过去，但考虑到概率，尤其对那些人生还没过半的人而言，更可能的是：最好的时刻，还在未来。

人类全部智慧就包含在两个词中：等待和希望。

——大仲马《基督山伯爵》

所谓完整的人生

"没做过_____（选填一件事），人生是不完整的！"

这句话当然也有别的表达方式，比如"人这辈子一定要_____""一定要_____，这才是人生"。我少年时被这类话忽悠得焦虑过。当时刚流行图书加腰封，我看见了几本"人一生必读的书"，自己居然还没读过，不由得如芒刺背，如坐针毡：这样下去，人生岂非很不完整，留下了莫大遗憾？我赶紧买来读了，书本身倒是不坏，但读完之后，好像我也没怎么脱胎换骨，也没有立刻产生人生完整了的感觉。

但转念一想，人家只是告诉我，不读这本书，人生不完整，并没说读完了，人生就完整——用我中学老师的话说，读这本书是完整人生的必要但不充分条件……

好吧……不较真了。

后来我时不常遇到类似的说辞。久而久之，也有了些许发现：人生真正必要的事物，比如氧气、水与食物，很少有人特意指出。没有人会贴着脸告诫你："没有饮食与氧气，人生不完整。"大概再糊涂的人也知道，没了饮食与氧气，人生何止不完整，直接就没了。也只在那些可有可无的事情上，才有人强调其重要性。

名剧《我爱我家》里，贾小凡想忽悠傅明老人让她出国，说自己想出去学习，好写东西。傅明老人有理有据地反驳道："曹雪芹没留过洋，不照样写出了《红楼梦》吗？施耐庵没留过洋，不照样写出了《水浒传》吗？猪八戒没留过洋……当然他写不出来喽……"最后猪八戒这个包袱，是本段的核心笑料，但老爷子的逻辑是对的。当然，这也可以反向使用。我一个朋友，大学读一半，退学写东西了。他跟父母吵架，就说："狄更斯从来没接受过高等教育，不也写出了世界名著《双城记》吗？"我一个搞音乐的朋友，每次被家里人叨叨，就先说"瓦格纳没有经过系统学习就能作曲"，真急了，就提醒长辈："你们别跟我说一定要有学历才完整——你们自己没学历不也好好的？"

细想来，好像每一代人，都有其所谓完整的人生。比如我父母那代人年轻时，就有长辈吹嘘：没上过高中，人生就不太完整；结婚时没辆凤凰牌自行车，没块上海牌手表，人生就不太完整。到了新世纪，亲戚们就已经觉得，没在城里有套房子，人生就不完整；新人结婚时，没在新郎新娘老家新家各摆上几十桌喜宴，人生就不完整……似乎完整的人生还挺与时俱进，随着物质条件的丰富，人生完整的难度也随之提高了。

话说，完整的人生，又是什么体验？

希腊有位大悲剧家索福克勒斯。少年美貌，才华横溢，十六岁就在希波战争的庆祝胜利会上当朗诵队领队。一辈子赢得过二十四次戏剧竞赛的胜利（希腊另两位大悲剧宗师埃斯库罗斯和欧里庇得斯加起来得了二十二次奖）。当过将军，当过财政总管，活到八十三岁还当选了雅典的"十人委员"之一。于是他年至九旬去世后，喜剧之父阿里斯托芬说他"生前完满，身后无憾"。

当然，按我某些远房亲戚的标准，他们大概会抱怨说索福克勒斯（因为传闻不好女色）子孙不够繁盛，实在不完整。

但索福克勒斯自己，哪怕知道我远房亲戚们的抱怨，估计也不在乎。

丹纳先生在《艺术哲学》里，提过一个例子。古希腊人崇奉运动健将，所以一直开奥运会。有位先生叫提阿哥拉斯，他两个儿子同日得了奖，于是抬着他在观众面前庆贺。观众都觉得这样的好运真是完美，朝提阿哥拉斯喊，说他的凡人人生完美了，简直死都可以瞑目了，再往上就得成神了。提阿哥拉斯大概的确太高兴了，觉得人生完美了，真就这样欢乐地死在两个儿子的怀抱中。

所以，有两个冠军级儿子，人生就完整得可以登天了？

至少古希腊人是这么认为的。

大概每一个人，各有自己的完整甚至完美人生。但总有人喜欢给别人规定完整或完美的人生必需的元素，激发焦虑，让本来可以安稳度日的人忙着去追求那本虚空的完整。

我有个小小的观察：一般爱跟你强调"没有_____，人生不完整"的人，可以分为四类。

第一类人是打算说服你，让你买点什么。比如你活得好好的，甚至还有点小开心，忽然就有人提醒你，非得用哪款产品，去哪个地方，看一堆书一堆电影，明白点什么道理，人生才完整。这时候，你就得怀疑一下：这些人是不是有提成。

第二类人就是过于善良以至于人云亦云，被第一类人忽悠的人。第一类人宣传说人生非要怎么怎么，说得大家都信了，总有些老实人付出代价去追求完美人生，觉得付出代价，人生就完整了，就不会显得另类了，总得继续宣扬一下……

第三类人则复杂一点。我有位远房长辈爱抽烟,而且酷爱在酒席之上对着别人脸喷烟。每次有同席人掩面咳嗽,他就一脸的不以为意:"人这辈子不抽烟,多没劲啊——会抽烟这辈子才算有意思!"也是这位长辈,不肯上班,家里亲戚费力安排好,让他去跟人面谈,结果前一天晚上他喝得大醉,次日急匆匆开车赶去,路上出了车祸,被拘留了,事当然也黄了。出来之后,还一脸的不以为意:"人这辈子要被关进过,才算活过了!"

我觉得,这类人,喜欢将一些并不健康的习惯、个人走过的弯路,说成人生的必需。乍看很江湖气,甚至还有点酷。但仔细一想,还是经不起琢磨。恶意一点说:有许多人,自己有些相对负面的体验,他们自己也知道这玩意不太好,但已经有了这点经验了,怎么能缓解呢?就不停跟人念叨,说这是人生必需的经验。说着说着,自己就信了,心态也放平了;说着说着,甚至还觉得,可以拿来当作资本吹牛。

最后一类人,他们有种诡辩逻辑:

"你现在不_____,那什么时候_____?"

"你们看别人都_____,我到现在也没强制你们_____,你们就不懂主动一点?"

他们的逻辑,仿佛_____是人生的必需项,而非可选项似的。仿佛那真的是福利,而非负担。这类人通常就是想要马儿跑,又想马儿不吃草的老板咯。

我们可能忘记了，
自己曾是怎样的熊孩子

我小时候陪爸妈见亲友，净听爸妈夸我：性子好静，不闹腾，爱读书，上重点初中、重点高中都没让爸妈花冤枉钱……我也为之飘飘然，真觉得自己怪不错的：想来我爸妈养我这么一好孩子，真是上辈子积了大德了！

我上大学后经济独立，跟我爸妈说"经济上不用管我，你们自己过好就行"。那会儿我还觉得自己挺酷，自己没亏欠爸妈什么嘛——的确是我自己走出来的呀，我真独立！我上了大学就不花爸妈一分钱了！我真能耐！哼哼！

大学毕业后，我老家搬迁。我回家去帮着收拾东西。翻储藏室时，我妈一个一个指点家里的旧物。

——这个箩，是以前你小，妈骑车载着你去厂里幼儿园用的。

——这个搪瓷杯还记得吧？你发烧的时候，妈在家里热了粥，装在这杯子里，带到医院给你喝。

——这本《黑猫警长》，你爸爸当时走到×××（离我家两公里远的一个地方）给你买的。

——这个奶锅是为你冬天早饭时能喝到热牛奶，妈早起给你热牛奶用的。

——这是你爸爸给你买的摩托车头盔，不还载着你去湖边钓鱼来着？

——这是妈自己用缝纫机给你做的衣服，你上小学一二年级时就穿这个，后来穿不了了……

——这是你幼儿园大班的时候在北塘区××比赛里得的二等奖证书，你看你爸爸都还裱起来，原来放在你写字台上的。

——你小时候要养猫，这个是爸爸专门给小猫做的煤渣盆（那会儿没猫砂）。

…………

我想：要是现在的我，养了如小时候的我那么琐碎烦人一孩子，我能忍住不揍他，都算好脾气了。

我后来跟几个朋友聊起这事，每每得到类似反馈。自己小时候不觉得，一细想小时候那熊劲，大多数人都脸红："我爸妈没把我扔了，真是太有耐心了！"

大概，许多人低估了或者完全不记得自己小时候不省心的程度；低估了父母因为自己，生活质量被改变的程度。毕竟小孩子以自我为中心，小时候自己做的那些事未必记得，哪怕记得，也觉得"我还是孩子嘛，做点啥都是可以的"。我们也真的会相信父母说"小时候可顽皮啦，没事还会闹"，那是赞美自己可爱呢。我某个朋友甚至一度坚信，他爷爷所谓"小时候活泼！睡午觉时还会来踩爷爷的脑袋"，真是在夸他活泼。

说句不中听的话：孩子真是一个非常烦人又娇贵的玩意。虽然现在有各色高科技辅助了，许多事情靠机械代劳了，但养孩子还是麻烦。想我少年时，更不知多不省心呢。我这代人多数没保留小时候的影像资料。如果有，回头看自己小时候，多半会觉得："妈呀，这孩子这么烦人，爸妈还和颜悦色的，这图啥呀？……哦不对，这就是我呀？！我小时候这么烦人哪？！"

我一个朋友说过这么个经历，他作为一个众所周知的模范爸爸，曾经独自在车里看着自己半岁大的孩子，偶尔一晃神，想："我喜欢你什么呢？当然，我是你爸爸，我得爱你。你妈妈是我妻子，我爱她，当然也得爱你。但除了这些呢？你也不算可爱，有时候还挺烦人，而且完全改变了我原有的生活轨迹。就因为你跟我有血缘关系，我得尽好爸爸的义务照顾你，可是，我爱你什么呢?"

当然,到这程度,就不敢往下想了。什么事都经不起细琢磨。大概世上并不是每个父母都有资格做父母,世上有许多坏父母。但与此同时,并不是每个孩子都意识到了,父母为自己所做的牺牲。毕竟许多少年都还在以自我为中心,甚至还会想:"父母为我做什么都是理所当然的,他们怎么不顺便给我万贯家财,让我继承一下呢?"

我的看法是:如果一个人能健康长大,没病没灾没欠债,父母真就对得起孩子了。要体会到这一点,却也不难:亲身全职照顾孩子一个月,再想象一下类似的日子得延续十几二十年才能松口气,自然就对父母服气了。什么事都是这样,自己尝试一下,才会发现想做到周全有多不易。

有些人觉得父母所做的一切理所当然,有的是父母确实没做好,但也有的是没意识到小时候自己有多熊。

"怎么就你各别"

林冲雪夜上梁山,王伦却不肯收留他,推说他不知林冲是否真心入伙,定要他杀一个人提了首级来方罢休,叫作投名状。

这一个首级,意味可多了:

从此,林冲手上确实有人命了,回不去普通人世界了。

林冲也和山上的大伙一样了,不特别了。

从此,林冲确实服从江湖规矩了,无法翻身了。

就像古来各国外交,多要交换质子、约为婚姻。既显和睦,也算人质。以此类推,想要交心,须得将把柄送到对方手里,才能让人放心,所以许多聪明的人,懂得自污,来缴纳投名状。

即将成为秦始皇的秦王,给王翦老头六十万倾国之军,派他出征伐楚。王翦便聪明得很:他向始皇帝一而再、再而三地索要田产。因为老王知道:大王以倾国之兵授予我,如果我清高自许,只会招致疑忌;非要显得贪财,陛下才相信我。

同样的故事,几十年后又来一次:刘邦远征在外,派人重赏留守京城的相国萧何。一个叫召平的聪明人,看透了刘邦此举的用心,就去向萧何说:"相国留守京城,没有军功,却得厚赏。陛下表面为您增加护卫,实则是为了监视您,这是陛下对您起了疑心。"萧何听从了召平的建议没有接受赏赐,反而故意强占百姓土地以自污名声,从而打消了刘邦的猜忌。

就像林冲似的,杀个人,显得自己也不干净了,王伦才能放心地用他。

上一代的长辈,许多都爱拿这句话斥责我们:"怎么就你不一样?"

如果你反问一句:"不一样,有啥坏处吗?"

这就说来话长了。

传统农耕社会,村里乡亲,因为丰熟有时,旱涝无常——老年间说法,三年存粮才抵一年饥荒——所以先辈都很讲究积蓄,很在意存粮,不太敢狠命花费,以节俭实用、能满足日常需求为美;因为务农必须将劳动力控在土地上,所以农耕社会,人口流动不频繁，是所谓安土重迁。于是大家更重视本乡本土的熟人关系：不喜欢陌生人，不喜欢出格的举动。所以乡村老习惯，普遍推崇踏实肯干的熟人，鄙弃耍心思的生人。长辈们喜欢安分守己，认可节俭实用，推崇踏实肯干，觉得大家都该一碗水端平。本乡人更愿意结群，而对外来的、与本乡不一样的人，会生警惕心。

投名状与自污，就是换一种角度的"知根知底，别和其他人不一样"。

众所周知，这世上有形形色色、偏好不同的人，参差多态乃世界之本原。秉持求同存异这一原则，有助于我们活得不那么憋屈。互联网时代的好处，本来应该是让世界可以彼此相望，求同存异。人结群，往往是因为意气相投或有其他共同点；既然意气相投，就越容易对与众不同、有违传统与平等的事，显出不友好来。任何时代，都是如此。所以在任何一个时代，大家要交流时，都会口是心非一下。我的一个朋友说，他自称单身狗时，并不是真的把自己当狗，只是这么做卖个"萌"，容易让朋友觉得他"真性情""接地气"，其实算是一种自我保护，或者说投名状。

苏联作家巴别尔写过一个故事。一个随军记者在前线，遭遇士兵的冷嘲热讽：哟，你是有学问的人哪，跟我们可不是一路呀。于是记者就当着士兵的面，对农妇格外凶恶、粗鲁，口出脏话。这下，士兵们满意了，把记者引为知己：敢情，你跟我们是一路人啊！

如今那些指导我们"别出挑""就你各别""就你跟别人不一样"的长辈，也许年轻时，也是这么过来的，也许还吃过类似的亏。

许多性格内向的人为了和其他人打成一片，必须在同学、同事、亲戚们面前表演性地打哈哈、扯嗓门、自嘲和故作内心敞亮。他们摆出的姿势，就是林冲在雪天等候要杀了提给王伦看的那个人头：那是恳求群体"别因为看我不一样就区别对待我，我跟大家都一样"的投名状。

变成自己
曾经讨厌的样子

孩子都会被老师问未来的志向。想想我小时候，也就傻不愣登地回答："长大了，想当个科学家！"

不想成为什么样的人？嗯，不想当写字人：小学写作文，翻来覆去，写了草稿还得誊抄（我们语文老师的要求，为了以后有上级老师来参观时，显得好看些），太累了！

现在我当然没能成为一个科学家。这点兴趣在初三物理课做受力分析、画电路图时，已经消磨殆尽。讽刺的是，我还真成了一个写字人。

偶尔和朋友聊起这个话题，大家会像发现"哎呀！我们小时候喜欢过同一个女明星"似的，羞赧又兴奋地承认，他们也想过当科学家。为什么呢？嗯，因为小时候的我们感觉科学家无所不能！我说，我萌生了想当科学家的理想，是因为漫画，《机器猫》里各类神奇的机器、《铁臂阿童木》里制造阿童木的博士、《阿拉蕾》里制造阿拉蕾的天才博士则卷千兵卫……朋友们拍着大腿嚷："一样一样！"

现在想来，少年立志时纯出于兴趣。至于科学家实际是怎么回事呢，不知道。喊出那个理想时，所抱持的，可以说是理想，也可以说是无知。虽然孩子的无知，通常是可以被原谅的。

上大学之前，我在无锡家里，时常和我爸看篮球赛。我们偶尔会吐槽"解说怎么连这个球员都不认识""话太多了""这里胡说八道嘛"。当时我认真地跟我爸说："将来有一天，我做了解说，一定不能这样子。"2008年，我机缘巧合，在一个频道做比赛解说嘉宾，然后发现许多事并非我想的那么简单：挂耳机的位置会影响音量；解说过程中语速会不自觉地变快；音量不能过高或过低；直播前一晚睡前不能喝水，不然次日会黑眼圈；有些话是解说过程里不能说的；有些笑话是不能讲的……我有一次看录像，听到了自己的解说，感觉奇奇怪怪的：唉，以前真是太敢自吹自擂了。

我有个朋友，许多年前，提起相亲就杀气腾腾，提起结婚就火冲顶梁，喝了两杯酒，就会红着脸，用酒杯底敲着桌子说：

"哪怕死也不跟父母妥协！最讨厌做爸爸了！！"现在，他朋友圈里有很多带着妻子、孩子和父母出去游玩的照片。私下吃饭时，他用很温柔的语气说："孩子这个东西，真的，很奇怪，明明不好看，但真有了，就喜欢得很呢……"

凡写过文章的人，多少都有类似的念头。回看少时写的许多东西，大概都觉得，还是不让人看见为好。不写文章的人，大概在过年过节时，听亲戚回忆少年往事，也会尴尬得顾左右而言他："那时说的做的都是些什么呀！"

"人总会变成自己曾经讨厌的样子"，这句话流行时，多少带着青春流逝、初心消散、理想凋零的哀婉气息，伴着梦纷纷碎灭的声音。但并不是所有没实现的少年理想，都很有价值。人最后成为自己曾经讨厌的样子，并且放弃一些理想，可能并不是那么坏的事。

毕竟少年时自己讨厌某种形态，也许并不一定是因为那种形态市侩庸碌，还因为少年时自己对现实世界一无所知，而且不太肯去换位思考他人的难处；一个人放弃少年时的理想，也许并不一定是因为自己没有热血和勇气，而是意识到了自己少年时的无知和狭隘，有勇气去否决自己了。

许多人会倾向于无限美化过去：少年时做的梦、犯的错，都是珍贵的；哪怕初恋是个人渣，也是个美好的人渣，因为是初恋嘛；母校再差劲也不许人说，因为是青春嘛……但大多数人的青春，其实没自己想象中美好。万事皆有尺度，理想主义和狂妄，可能只有一线之隔；许多所谓少年纯真的情怀，也可能只是以自我为中心在吹牛，这在成年世界也不罕见。

众生都在被世间如流水的万事推动，大多数人其实并没那么多的选择。人会变成自己曾经讨厌的样子，多少也是因为许多不得已：自己的欲望、亲人的要求、朋友的期待。不希望自己在意的人（包括自己）难受。长大后的自己未必因为沾染了红尘就变俗了，也许只是见识了更多；就像曾经的自己，并不一定因为青春年少就是对的，也许只是因为无知。少年时有许多梦想是好事，成年后还为曾经的梦想努力奋斗的人都很勇敢；但也没必要为每一个不切实际的梦想买单，或因为梦想实现不了就深自哀怨。

所以少年时的理想可能很美好，也可能很无聊。是否值得坚守，颇值得年长后回头思量。毕竟，我们那么珍视的、曾经年少的自己，可能很纯真很善良，也可能只是个以自我为中心的、自恋的、无知又狂妄的、有理想却并不知道自己的理想意味着什么的熊孩子。

达到了目标，
为什么不快乐？

　　完成了某个大目标后，开心了一下子，然后就陷入这种心情："啊，就这样？我本来以为会更开心一点呢！"古龙的小说《多情剑客无情剑》里，李寻欢便是如此：他和阿飞分别历经艰险，击败了当世顶尖对手上官金虹与荆无命后，各自觉得有点……空虚。

　　大概许多人，多少都会有类似的感觉。

　　王菲有首歌名为《催眠》，歌词里提道："第一口蛋糕的滋味，第一件玩具带来的安慰。"据说期望值高涨时，多巴胺也会大量分泌。如此说来，大概期望值与快感挂钩。想想最美好的时候，是买到了，终于开箱了的一瞬间。那是所谓期望理想与现实相切的一瞬间，大概就是快感的顶峰了。但到手之后，期望值平复了。追求的事物也许并不差，但人不再那么孜孜以求、想入非非时，情绪就平稳了。

大概不是追求的事物不够好，只是我们自己的心情变了。毕竟最好的东西，都是未得到的或已失去的。大概这也是为什么，越是到手得顺理成章，达成目标的过程中快乐越多，达成目标之后的快乐越少。达成目标的过程稳健平稳，于是一路都期望着、快乐着，最后到手，水到渠成，难免会有"啊，就这样，我还以为会更刺激些呢"之感。

按这个逻辑算，最快乐的是：本来期望值就不高，天上掉馅饼，还接住了。哇！喜出望外！！那一下的快乐，要远胜过水到渠成的快乐。所以人总容易记住意外之喜，淡忘水到渠成的快乐。容易记住一路的大逆转，淡忘一路无压力的按部就班。

所以意外之喜比水到渠成更好吗？也未必。

意外之喜的大逆转快乐，当然逆转的一瞬间更激烈刺激，但任何快乐毕竟都是暂时的，此后很容易进入漫长的无聊期。我猜这也是许多突获横财的人，无力再踏实工作的缘故：快感的阈值从此提高了，再难靠一步一个脚印获得快乐了。

许多习惯踏实工作获取目标的人,往往会说那么句心得:"快乐主要在过程之中。"没经历过的人觉得,真胡扯,真造作。过程那么累那么烦琐,人做事不都是图个结果吗,说啥过程呢?但不断完成目标的人,能领会这番心情:

设定一个不那么远的目标,稳稳地干着活,期望值稳定,心情愉悦……做到了,获取简单的快乐,再一次加强了自我控制力的认知,"嗯,我还行",那么继续下一个活吧……

以我所见,许多人容易混淆一时的目标与持久的状态。比如一个普通人念叨"想当亿万富翁",这很正常。但他喜欢的,未必是"当上亿万富翁"这个瞬间,而是享受"作为亿万富翁"的状态。美剧《老友记》里有个细节:莫妮卡因为想结婚,都偏执了,但结完婚后第二天她满脸不爽地说"我不再是新娘了"。这其实有点本末倒置:结婚典礼是个仪式,宣布她从此进入已婚状态。但她却迷恋于"当新娘"这一瞬间:长期偏执于一个目标,有点跑偏了。此前她比较清醒时,曾清楚地表达过:她要的不只是个婚礼,她要一段婚姻。大概类似于不是"要当上亿万富翁",而是享受"作为亿万富翁"的状态。

一旦想清楚目标和状态的区别,就很容易做好其他选择。

许多人追求世俗意义上的——亲友及其他想象中的看客眼中的——成功,是为了进入一种有更多选项的状态;但实际上要维持在亲友与看客眼中的成功，也很容易压缩自己的其他选项，比如牺牲健康，比如牺牲爱好，或者牺牲其他。

而世事难两全，捡到什么，总得丢掉点什么。

世上总有形形色色的声音，会试图混淆目标、状态、期望与现实，让人无法想清楚自己想要的东西。许多人因此牺牲许多，以便追求一些其实并不是本心想要的东西。于是许多人哪怕达成了目标，也会怅然若失：因为失去了一些重要的东西，而所获得的，又似乎不如自己想象的那么完美。这样走远之后，又没法回头：许多人因为一路做的各种选择，得到了很多，也失去了很多，尤其是可能已失去了得到自己本心想要的东西的机会。就像老港曲《一生何求》里所谓"寻遍了却偏失去，未盼却在手"。

所以不妨偶尔想想：自己想要的状态，到底是什么，然后才好朝那个方向踏实地努力。

毕竟我们做的一切努力，是为了朝自己希望达到的某种状态去的。我们定下一个个目标，都只是通向那种状态的手段。

人得分清手段和目的，分清一时的目标和持久的状态：大多数人持久的快感，来自对美好未来的期望。这也是许多时候，达到目标后不一定会有想象中快乐的原因。大多数人牺牲时间与各种东西，最后追求的也无非是这种状态：在许多事情上"有的选"。没必要为了某个点，委曲求全，牺牲自己真正想要的东西吧？

用句最俗气的话说就是：搏了命挣钱，也得有命、有闲空去花才对呀！

回到童年时，
人会更快乐吗？

有朋友跟我聊起：世界这么动荡，我们会好吗？

我安慰他时，提了个想法：

可能，其实，一直以来，世界也不怎么太平——只是，以前，我们知道得少。

比如，我回想小时候，关于1994年，就想起小学暑假看世界杯，想起巴乔、罗马里奥、斯托伊奇科夫，想起搪瓷杯里的凉白开，坐在地上读《射雕英雄传》……那会儿我关心蒋兴权指导带中国男篮进了世锦赛八强，大连队、广州队、上海队、辽宁队在中国男足甲A联赛上的表现，黎兵拿了中国足球先生，亚运会上中国男足拿了亚军，丰田杯上AC米兰输给了萨斯菲尔德……

现在回看那年的历史事件：《北美自由贸易协定》生效、欧洲经济区成立、俄航空难、曼德拉当选南非总统、贝卢斯科尼当选意大利总理、奥姆真理教沙林毒气事件、爱沙尼亚号客轮沉没……任何一件事，搁现在，都得引爆社交媒体吧，都会让人觉得"时代又变了"吧！但当时的我都没啥意识。

大概，世界一直也不太平。

我们觉得小时候都挺好，是因为那会儿我们还小，不太关心这些；又或者，以前我们得看报纸、听广播、看电视新闻，才知道个大概，而且可能看到的只是文字或照片，无法真正感同身受。那时，我们总觉得世界离我们还远。

公元前202年，在东亚与北非，项羽与汉尼拔分别遭遇决定性战败，从此决定了汉与罗马的崛起。但你读史书时未必能立刻联系起来，总觉得那是两个世界的事。而现在，同一个世界发生的事，无休止地在我们面前起伏。互联网时代，让我们随时都能有身处现场之感，于是对世上的事知觉更鲜明了而已。

不是小时候烦恼少，只是小时候不知道。

想多一点。

我仔细回想小时候，发现那时候的自己不一定更快乐，只是，如上所述，（因为知道的少）烦恼更少些。而少忧愁不是因为世界有多好，更可能是因为我们被保护得好：许多坏消息不必知道，许多世道真相不必目睹。当然，那时的我们多少得被爸妈管头管脚：吃饭时不要出声，饭碗里不要留下饭粒，不喜欢吃蔬菜也要吃，不许挑食……

少忧甚至无忧，可以带来快乐，但无忧和喜悦，似乎不是一回事。不论是对常处忧患之中的人而言，还是对乐天知命的人而言，能无忧，就是喜。但至少我没这个觉悟。无忧无虑久了，喜悦会消减，用我那些亲戚的话说，就是觉得"日子没劲"。

据说人主动参与决策，获得操控感，或者期望值高涨时，能提高多巴胺分泌的活跃性。大概，在自己有的选、有操控感、无限接近成功、憧憬未来、期望美好的时刻，快乐来得猛烈些。

快乐关联着期望值与操控感，也关联着风险。记忆里动人心魄的快乐，多少与失败的风险相关。忧患与风险能刺激快乐。真到无忧无虑的时候，会开心一阵子，但慢慢又会觉得……没劲了。如此，被保护起来，的确少许多忧愁，但无法自己选择，快乐也就少些。现在想想，小时候还盼望着赶快长大呢，好像还存着这样的念头："长大了就自由了，想买什么玩具就买什么玩具，就没烦恼了。"和现在"回到小时候，当个儿童，就没啥烦恼了"的想法其实是一样的。

无忧的时候希望得到自主的快乐。

自主之后希望回到无忧的岁月。

电影《私人订制》里，范伟扮演的司机，想挑战一下能否经受住美色诱惑，觉得那是他的弱项。他也说了句："再熬上几年，荷尔蒙（激素）彻底不分泌了，也就踏实了。"

所谓踏实了，其实就是没的选了，就没烦恼了。反过来，只要还有的选，人虽然有了不同的可能性，但也会躁动不安。

大概，有选择权，意味着期望值与实现幻想的可能性，虽然这种快乐也常是烦恼焦虑之源。

真回到小时候，在那些没的选的无忧无虑的时光里，我们其实并不太喜悦：往往只是被安排的对象，懵懂天真而已。

世界该是什么样，还是什么样，并不会因为你躲回看似安全的童年，世界就忽然变得云淡风轻。自己此刻不在的那个时空，总是最美好的。最美好的，其实不是童年，而是选择性的记忆（与想象），是希望。

我觉得，一种比较方便获取快乐的途径是：意识到童年时你并没那么喜悦，意识到世界其实一直动荡不安，意识到并没有一片乐土可以远离一切忧愁。意识到这些，可以有效避免失望。与此同时，继续指望着，指望着还有变好的可能。

这两者不矛盾。前者是理智，后者是乐观。

重要的不是真的回到童年，也不是保持童年或成年的状态，而是保持期望这种行为，并愿意为此承受可能的焦虑与风险。只要还有期望，人还相信些什么，没到放任自流的地步，觉得生活总有一种可能与指望，并热诚地相信可以实现这种指望，自己就会幸福，人就有了继续向前的勇气和动力。

谁让你最好欺负呢？

　　李碧华某小说里，某长辈在外头受了气，回家打自家小孩，打得格外发狠：不是不知道小孩未必该打，但一来自己心里也存着怨气要发泄，二来也只有小孩可打。小孩是指定怒气发泄点嘛。打着打着，自怜自伤自卑全出来了：我也是堂堂一表，干吗要伏低做小忍气吞声！加力打！

　　也知道自己够卑劣，简直恨不得甩自己两耳光，可是这点情绪，全撒在孩子身上了，于是打孩子更起劲了……

　　另一处，《霸王别姬》里，关师傅教导弟子，就靠狠打。一人出错，全体挨打，"打通堂"。他边打边骂，怨孩子们没出息，怨孩子们不争气，同时告诉他们，就是要打才能成器。

可是打着打着，关师傅自己的怨气也起来了，"想当初，自己也是个好角儿啊"。虽然这不关孩子们啥事，但关师傅手下打得越发狠了。

鲁迅先生曾说："勇者愤怒，抽刃向更强者；怯者愤怒，却抽刃向更弱者。"

怯者确是只敢向更弱者撒泼。

但若想深一点：没有多少人天然是怯者。怯者也多半经历过规训。他们在一个不那么讲理的环境下，吃过亏，挨过打，知道谁惹得，谁惹不得。久而久之，他们自然会懂得欺软怕硬。

鲁迅先生自己就写过阿Q了：口讷的他便骂，软弱的他便打，到处碰壁，只好去欺负小尼姑。为什么欺负小尼姑呢？是因为人受了气，总得找地方发泄一下；小尼姑不一定招惹了阿Q，但是好欺负啊……

老舍先生的《骆驼祥子》里，有个混球二强子。他的老婆死了，女儿被卖了，自己有辆车也经营不好，卖了。最后逼女儿卖身。他是要脸的，清醒时也觉得自己很混蛋，很想抽自己几个嘴巴，只好逼自己喝酒。喝醉了，就理直气壮去打压女儿。这时抽自己嘴巴的力气，都用来压榨女儿了。

大概，许多循环是这样形成的：

最初，一个好好的人。吃过亏了，知道有人惹得，有人惹不得。于是谄媚自己惹不得的，怒视自己惹得起的。

这些人慢慢形成了欺软怕硬的习惯：冤有头债有主，但不去管自己的正牌仇人，却只在视野范围内，搜索自己可以欺负的人，比如阿Q欺负小尼姑。

实在没人能欺负了，就像二强子想到了自己的女儿，李碧华小说里父亲发现了自己的孩子：打孩子天经地义嘛！当然，打着打着，也难免觉得自己有问题，觉得自己实在是个混蛋，自伤自卑，自叹"咱当年也是个角儿啊"，然后把这份平时会拿来自甩耳光的戾气，发泄在孩子身上，打得更狠了些。事后呢，找补找补："打你是为了你好！"

孩子用皮肉之痛与心灵的绝望记住了：可以找个借口去打无力反抗的对象，可以打完之后找补一句"都是为了你好"。他们知道要谄媚一些自己惹不起的人以免挨打，可以怒视自己惹得起的发泄心中的戾气。于是新一个循环开始。

当然，也有很多坚强善良的孩子，选择将这份苦咽在了心底，不去施加于旁人。但那点痛苦并没流逝。只有在被提起来时，他们才隐约发觉：

曾经是那么疼过的。

未完成的念念不忘

"乘兴而来"的故事,中国人大多知道:王徽之在山阴时,一天冬夜下起大雪,他醒来开门吩咐仆人备上热酒,看四处一片皎洁的雪景,于是起来走动走动,他边走边吟咏左思的《招隐诗》。此时他突然想起了戴逵在剡溪,于是连夜坐小船去拜访,天亮到戴逵家门前了,他却转身回家。

"吾本乘兴而来,兴尽而返,何必见戴!"

这事听上去,像苏轼夜游承天寺的翻转版⋯⋯

当然,如果苏轼来个"元丰六年十月十二日夜,解衣欲睡,月色入户,欣然起行。念无与为乐者,遂至承天寺寻张怀民"。

造门不前而返,曰:吾本乘兴而行,尽兴而返,何必见张?感觉这也不像苏轼做的事。

且说王徽之这么做,被《世说新语》列入"任诞"。

的确,真是够放纵自己。

想想他兴尽而返的心情,其实也不难理解:人做事,难免三分钟热度。也许天寒下雪,一路舟船赶去时已经不爽,到门前,耐心用完了。

但大多数人,哪怕耐心用完了,总会寻思"来都来了",于是顺便见见戴逯吧。

王徽之就是不在意这点"来都来了"。这一夜旅途,相当于已经付出的沉没成本,他说不要就不要了,直接就走——是很能割舍得下了。

话说,我们普通人为什么会舍不下呢?

经济学家会念叨沉没成本,提醒人们决策时应排除沉没成本的干扰。但我们许多普通人,一般抱着"来都来了,已经为此付出了,总得有始有终吧"的心态,未必能始终保持理性的经济学头脑。

1927年,布鲁玛·蔡加尼克前辈研究出个玩意:相对于已完成的工作,人更容易在意未完成的、被打断的工作。这就是所谓的蔡加尼克效应。比如苏轼去访张怀民约他看月亮，这事完成了，大家觉得理所当然；王徽之雪夜访戴逵，累了一晚，没完成就回去了，大家就觉得有些怪。

我们自己也经常如此：对已得到的，往往不太在意；对付出了努力却没得到的，会格外在意，会觉得没做完，真不爽，心里发痒。

这种心态，也用得到其他地方。

比如，相比于自己所做的，人往往更容易为自己没做的事感到后悔。

"曾经有一份真诚的爱情摆在我的面前，但是我没有珍惜，等失去的时候我才后悔莫及……如果上天能够给我一个再来一次的机会……"相比起上面这段痛彻心扉的独白，"真后悔我当初跟她表白了呀"，遗憾的情绪就少得多了。

所以电视连续剧要告诉你未完待续，评书章回之间会有"欲知后事如何，请听下回分解"：未尽未完之事，总能惹人情肠，算是人的普遍心理。故此才显得王徽之真是舍得，狠得下心。

《倚天屠龙记》新修版结尾，周芷若对张无忌说，将来张无忌又会挂念自己了。说白了，还是那句话：得不到的永远在骚动，被偏爱的都有恃无恐。

人类总觉得已得到的理所当然，对开始了却没结尾的事，念念不忘。除了王徽之之类潇洒任诞到懂得兴尽而归者，没几个人放得下。

回首往昔，是不是你也比较在意"做了但没结尾的事"，很容易忽视已经得到的一切呢？

说着有点让人难过了，说点积极的吧。

威廉·福克纳[1]和雷蒙德·钱德勒[2]都说过类似的话：他们会偶尔先构思好一个小说的结尾，然后编织情节，看故事如何到达这个结尾。这样写起来很有动力。

尼尔·盖曼[3]说他写作的诀窍是："写，写完一个；持续写。"

吉恩·沃尔夫[4]更干脆："开始写下一个！"

所以这种心理，运用好了，也有用途。想做一件事，别先前思后想，开始了再说。

凡事你不开始，永远只会拖拖拉拉；一旦开始了，就变成另一种状态了："未完成"的心理会一直啃咬你，催你继续

1　美国作家，1949年诺贝尔文学奖得主。代表作《喧哗与骚动》《我弥留之际》等。
2　美国作家，1954年爱伦·坡小说奖得主。代表作《大眠》《红色风》等。
3　英国作家、编剧。代表作《睡魔：仲夏夜之梦》《美国众神》等。
4　美国作家。代表作《新日之书》等。

下去。

所以,想做完一件事,那就先开始再说。

之后,你自己的心理,会推着你做完一切。

我们的记忆墙

前几天读到埃尔诺——1940年生,2022年获得诺贝尔文学奖的那位老太太说:名歌手琵雅芙1963年过世时,自己也陷入焦虑,虽然她不喜欢琵雅芙的歌,但总觉得这些歌会伴随自己一生。

看来,每代人都一样,总有"怎么,连他也会离开我们吗"的震惊之时。

同一个年代的人虽经历了相同的时代,但其具体经历各有不同,具体精神世界也各有差别。譬如无锡人觉得吃馄饨汤包理所当然,重庆人觉得喝油茶吃小面实属寻常。不是每个上海人都能理解四川人对李伯清的感情,大概也不是每个四川人都能了解,为啥天津人听见王德成、丁文元，就能扑哧一乐。

每个人少年时接触到的东西，往往是一个时代的大众经典。因为人小，接触不到过于小众的，记住的往往是持久恒定的。

比如我小时候，明明没看过阿里的拳击赛直播（那会儿流行的是看泰森、霍利菲尔德、刘易斯和复出的福尔曼的拳击赛），但我知道阿里是拳击界天花板级别的人物。

提到我成长的过程，我就会想到根据四大名著拍摄的电视剧、金庸小说、《龙珠》、《灌篮高手》、乔丹、马拉多纳、迈克尔·舒马赫、张学友、李宗盛、张曼玉、梁家辉、《霸王的大陆》、《大航海时代Ⅱ》、《仙剑奇侠传》……那时书店里最显眼的地方放的是十九世纪的那些名著：《战争与和平》《悲惨世界》《高老头》《包法利夫人》……这些或多或少地在我的记忆中留下烙印，形成了一面独属于我的记忆墙。提到少年时，就想到这一切。

我估计每个人都有这么一面记忆墙。

比我年纪长一点的人，他们的记忆墙上可能就换成了老连环画、高仓健、《排球女将》、《加里森敢死队》、济科、普拉蒂尼。

比我年纪小一点的人，他们的记忆墙上可能是《还珠格格》、《幽游白书》、《最终幻想8》、熊天平和许茹芸……再小一点的，记忆墙上大概就是周杰伦、孙燕姿、《仙剑奇侠传三》、《指环王》、科比、麦迪、卡特、艾弗森、罗纳尔迪尼奥、德科、兰帕德……

我不知道别人如何，至少对我而言，我自己记忆墙上的存在，是我精神世界的一部分。许多人无法理解"他又不认识你，你喜欢个什么劲"，是因为每个人的精神世界都是独一无二的，他人无法与之共振。

从埃尔诺的例子看，我想，这里也有大众媒体的因素。

以前运动心理学有个说法：每个明星的心智，会永远停留在他成名那一刻——所以许多明星年纪大了，还有点少年的天真与鲁莽。通过类似的逻辑，我们也能说：大多数明星都停留在我们想象中他的巅峰年龄。毕竟，无论一个歌手、球星、演员、作者如何老去，由于媒体总在反复提起那些经典时刻，大家总是记得他巅峰时的模样。

记忆将我们与现实世界隔开了。每当觉得现实世界飞逝如电时，我们回头看看记忆墙上的世界，就觉得一切还是好的。

当然，记忆会朝另一个方向偏移。比如2014年加西亚·马尔克斯逝世，2023年米兰·昆德拉逝世，当时我好些朋友的第一反应是："啊？他们还活着啊！"

因为他们的作品早成了文学经典,大家会习惯性地觉得"经典名著的作者都是老人家,甚至是逝者"。我们接受他们的老去,他们不像那些会反复在镜头前回放的影像明星那样,时刻暗示我们,"他们永远年轻"。

当然,人不可能永远躲在记忆墙里。

慢慢地,记忆墙上的人会老去甚至逝去。

每一个记忆墙上的人逝去,意味着世上又少了个有意思的人。与此同时,仿佛自己记忆的一部分,连着自己的一部分,也逝去了。这也意味着你熟悉的世界也在慢慢变化。

与此同时,那一片记忆墙残缺了,你看得见外面的现实世界了。当你熟悉的记忆墙一片片倒下,你会发现世界上本来也没有什么是恒久不变的。你本以为稳定、恒久与美好的世界,也只是一种错觉。那隔开你与世界之间的墙消失了,你必须面对现实了。而现实并不总是美好——如果现实足够美好的话,为什么每个人都需要一个美好的精神世界来稍微逃避一下现实呢?

当代与古代的最大区别就是,当代是迅速的、易逝的、变幻的。不妨说,是无常的——尤其对比人类之前的历史而言。

我们生活在无常中,但并不是所有人都能接受无常。我们总还希望稳妥、安定、安全,如果现实不好找,那么精神世界里有个什么稳定不变的寄托，也好。这也是许多人需要记忆墙的缘故。而当现实世界如绞肉机一般，不断粉碎我们的精神已有存在时，我们难免会觉得难过。

我们为每一个闻名已久的人的逝去而唏嘘，这多少算作对不断粉碎的记忆墙的哀悼：那曾经让我们可以躲在自己精神世界里、不必面对现实世界的存在，如今随时间流逝不断崩塌。

即便我们不乐意，逝去的人与崩塌的记忆墙，也在不停地跟我们重申：

我们以为恒久的经典最终也会逝去，只有时间不可阻挡。

无论我们曾经如何固执地相信：他们不会老去，会伴随我们终身。

一定是
他自己的原因！

1816年，法国发生过一件大惨事。法国海军的梅杜萨号战舰，因舰长的过错发生海难。海难发生后，舰长和高级官员弃船跑路，把约150人遗弃在危险的木筏上，13天后，只有15人幸存。

画家泰奥多尔·籍里柯，根据这个题材，画了一幅491厘米×716厘米的巨画。

籍里柯年少时跟名画家维尔内和格林学画，底子很好。格林认为这学生很有才华，但性格急躁。

籍里柯当过兵，所以很爱画战争场面。他画的战争场面并不像新古典主义绘画那样，人物都跟雕塑似的庄严，而是充满动感，凌乱，但真实。他爱画马，更爱画赛马。1822—1823年，他开始为一个医生朋友画病人，画了许多精神病人的肖像画。他画死去的猫与跃动的马匹。他画那些会让人不适的真实。

籍里柯绘制《梅杜萨之筏》时使用了许多技法，比如以金字塔形的构图，强烈的明暗对比和色调对比，生动刻画绝望的人们求救的戏剧性时刻。这幅画后来成了法国浪漫主义绘画的代表作之一。

喜欢这幅画的，比如籍里柯的学生、"浪漫主义的狮子"德拉克洛瓦，还自告奋勇，要扮演画里的一具死尸。"我来做模特！"

讨厌这幅画的，则是秉持新古典主义的某几位学院派老师。比如，有人认为，这幅画画得就像成堆的咸鱼，根本没有体现出艺术应有的理想美。历史画名家库佩里认为，这玩意一点都不美，"籍里柯画点恐怖的东西哗众取宠"。

法国历史学之父米什莱则认为，这画好得很，还借题发挥：

法国社会本身就处在一艘"梅杜萨之筏"上！

《梅杜萨之筏》如今放在卢浮宫里，放在德拉克洛瓦那幅《自由引导人民》的旁边。这是历史给籍里柯的尊重。现在看来，籍里柯并没有脱离真实，他更多的是描述真实，只是在画里加上了一些主观色彩——实际上也没主观到哪儿去——就足够让有些人不适了。好玩的是，籍里柯去世多年后，十九世纪新古典主义绘画大家安格尔还大声疾呼，应该把《梅杜萨之筏》搬走，他说：

"人们只该欣赏美好的事物……应该在艺术界禁止类似的主题……人们该将快乐建立在画中的痛苦之上吗？……悲惨的主题只该存在于古希腊悲剧中，艺术应该是美的，不应该满画都是尸体！"

大概世上的确有那么一批人，认为虚幻的田园牧歌才具有理想美。世上纵然有残忍可怖的景象，也不该出现在自己的面前，他们连尸体都不想看见。他们认定悲伤只该留在戏剧中，人只该欣赏美好的事物。

其实这种心态，也不新鲜。相声段子里有这么一个故事，旧社会，一个"善人"老爷发愿，自家方圆十里，不能见一个穷人。"善人"老爷真在路上看见穷人了，急得闭眼大吼："快把他赶走！我的心都要碎了！！"

大多数人生活的世界，其实是由他所见所闻所知构造的世界。有那么一些人，没那么冷血无情，但也没什么兼济天下的抱负，又格外需要照顾自己内心的小世界。于是，只要看不见，就可以当作不存在，所以得赶紧让悲剧从视野中消失，这样才符合"善人"心目中的理想世界，即便世上死者众多，但他们的眼里，也"不应该满画都是尸体"。

如果惨事已经发生了呢？

那就想点别的法子吧。

鲁迅先生有篇小说《采薇》，讲的是伯夷叔齐的故事：周武王伐纣王，伯夷叔齐义不食周粟。前面的剧情比较曲折，且放到一边。

小说后半段，伯夷叔齐躲进山里不吃周朝的东西，于是采了薇菜来充饥。这时有个姑娘过去，跟他们说：

"'普天之下，莫非王土'，你们在吃的薇，难道不是我们圣上的吗！"

于是伯夷叔齐饿死了。

人都死了，却另有一群闲人，在归因伯夷叔齐的死：他们不太乐意接受伯夷叔齐是饿死的，一直在找点别的理由。有人说是老死的，有人说是病死的，有人说是被强盗杀死的。也有人点出，就是听到那姑娘刻薄的话后，自己绝食饿死的。

于是那姑娘推脱说，是上天派母鹿来，给伯夷叔齐喝鹿奶，结果他俩还想吃鹿肉，贪心未遂，结果饿死的。

她的结论是：伯夷叔齐死掉，都怪他们自己，怪不到别人。

鲁迅先生这篇小说有个非常神的结尾：

"听到这故事的人们，临末都深深的叹一口气，不知怎的，连自己的肩膀也觉得轻松不少了。即使有时还会想起伯夷叔齐来，但恍恍忽忽，好像看见他们蹲在石壁下，正在张开白胡子的大口，拼命的吃鹿肉。"

大概闲人们都还善良，总希望伯夷叔齐还活着，还在吃鹿肉。但他们为什么听说伯夷叔齐是自己死掉的，就"觉得轻松不少了"呢？

大概是因为，这些人也不希望世上有惨事，总希望"自家方圆十里，不能见一个穷人"，一旦发觉了惨事，又无法改变，就只好去找点理由，说服别人，也说服自己，甚至不惜给死去的人安排上各色故事，以便证明："他们是自己死掉的，怪不得别人。"

于是一切又都合理化了，世上又没有惨事了，又是个清平世界、朗朗乾坤了。

别活在
想象中的
比较链里

第二部分

爱情的意义，
是爱情本身

朋友问我："能从爱情里得到什么呢？如果得不到什么，爱情有啥意义呢？"我想了半天，好像也没法从爱情里得到什么。但好像也没必要从爱情里得到什么。

爱情吧，不是个获取什么东西的手段。爱情本身就是意义。

话说，爱情这玩意，有幻觉和自我暗示的成分，经不住分析，但其实也不用分析。因为如果要分析的话：宫保鸡丁不过是鸡腿肉炒过之后搭配花生、辣椒、葱、姜和调味料一通折腾，葡萄酒不过是葡萄汁发酵之后装瓶，音乐不过是各色东西吹拉弹唱发出来的鸣响的混合。我小时候，长辈还觉得《魂斗罗》只是一堆小人跳来跳去呢……

世上美好的东西，大多经不住拆分分析。

说到小人，我不知道大家是不是有类似的体验？我小时候，睡不着，又没其他玩意时，自己在脑子里编故事，还用两只手扮两个小人，彼此比画。后来我读《射雕英雄传》，读到周伯通左右互搏时，感到很亲切：原来他也这么玩过。果然这玩意很适合我们这种孩子气的家伙……后来跟朋友聊，他们或多或少都有类似的睡前脑内小剧场。

还有朋友会为脑内小剧场搭配音乐。比如自己在家，听着音乐，就觉得自己是MV主角了。听个苦情歌，觉得自己是情圣了；听个热血歌，就想去拯救地球了；听个舞曲，就自己连蹦带跳，直到楼下邻居上来敲门骂街……

这些脑内小剧场有啥意义吗？好像没有。

自己在脑内构思情节时开心吗？开心。

这种美好的体验，不是什么手段，就是意义本身。

我有朋友，打算要孩子了，于是开始琢磨胎教，有天他跑来问我："听说听莫扎特，对孩子很好？听说国外有些养牛场，就给牛听莫扎特。"我说："听莫扎特对孩子好不好，我是半点不知道；听莫扎特使人心情好，那是真的。"

阳光好的天气，一边吃点啥喝点啥，一边听莫扎特的《第二十一钢琴协奏曲》,会觉得天格外蓝,云格外白,喝下去的白开水都沁人心脾。别老寻思着从什么什么里面得到什么,就听听音乐,也挺好吧。

爱情,如同音乐与阳光一样,不是手段,而是意义本身。譬如你在晒着太阳时、听着音乐时,感受到的无目的的、无缘无故的快乐,爱情里也有。你身处在爱情里,就会觉得有此足矣。俗话说的"有情饮水饱",有点夸张。但按我的体验,有情让人容易满足,倒是真的。在爱情里的话,人多少会觉得,其他都是锦上添花。

所以爱情并不能解决具体问题。只是,身处在爱情或其他会让你愉悦、让你深情付出的爱好里,大概会让你觉得,没什么事是"非如此不可"(据说贝多芬的《第五交响曲》最后一章灵感就来自德语的这句话)的。没什么问题,是成其问题的。身处在爱情里,或者有一项特别美妙的嗜好的诸位,一定有类似的体会吧:有这就挺好,其他的都只是锦上添花。

朝朝暮暮

"没事,还有将来!"也好。豁达人讲"海内存知己,天涯若比邻",不该在分别时流涕沾巾。

跟几个朋友久别重逢。当日别过后,各自山高水长;再相见时,大家不禁感叹各自的变化:身体这里不舒服,那种东西吃不得了,诸如此类。相约时,有朋友说没法来,说家里亲人要治疗了,要陪床了。甚至还有朋友,在被问及亲人时,叹息一声,我也没法继续问了。

秦观有词,"两情若是久长时,又岂在朝朝暮暮",的确,这里的"若是"乃是假设。

许多时候，别过了，就没法"久长"。

《神雕侠侣》结尾，在华山之巅，杨过与大家告别时说："他日江湖相逢，再当杯酒言欢。"然而郭襄终于流泪，因为她也知道"相思相见知何日"。事实证明，"他日江湖相逢"也只是个假设；郭襄终于没能和杨过重逢，再杯酒言欢。

每一次见面，都可能是最后一次，这话说来有点凄惨。但每一次见面，都可能是当下状态的最后一次，这却很实在——下次见面时，逸兴遄飞的朋友可能变消沉了，欢声笑语的朋友可能忙着给孩子报补习班了。还不说"红颜弹指老，刹那芳华"，"少壮能几时，鬓发各已苍"。

所谓一期一会，大概也有这点心思在里头：谁知道这是不是最后一回呢？

再甜蜜的相聚，总有分离之时；分离后，能留下点什么呢？

"留下点回忆，行不行？"

"不行，要留，留下你的人。"

事实上，大多数时候，人是留不住的，只能留下点回忆。而回忆很重要。

美剧《老友记》里，迈克和菲比骤然分手后，熬不住，重新相见。迈克没有求复合，只说，如果之前相聚时，知道那是他俩最后一次相见，那他会尽力记住一切。

有过美好回忆与没有过美好回忆，大不相同。

苏辙引过他哥苏轼的一句话，大意是：人往往身在福中不知福，身在乐中不知乐，非得受了苦，方才清楚。

我们很少意识到自己身处幸福之中；要等以后不那么快乐时回忆起来，才觉出当时的幸福来。

幸福的记忆，是余生的食粮。幸福相聚之时，尽力记住一切。先不要想两情久长，就重视此刻的朝朝暮暮，就生活在当下，好好爱，尽量快乐，此刻所见所闻，口之所尝，鼻之所嗅，都记住。

先不想久长，先欢乐此宵，把握住此时的朝朝暮暮吧。如果将来有更幸福的时刻自然最好，如果没有，至少有回忆。

以后不那么快乐时，还能被某个感触蓦然带回此刻，明白那一刻自己多幸福，明白自己幸福过——回忆幸福时，人也是幸福的，哪怕已经过去了。人生苦短，所求者，也不过是少一刻哀苦，多一刻沉溺在幸福（无论是否已经过去）之中吧！

"只要不动心，就不会输了"

没被拒绝过的人，不太容易理解那些在真爱面前迟疑的人，他们会觉得：你投入了真爱又如何？大不了被拒绝嘛，拒绝了又怎么样呢？多大点事！反正不投入也得不到呀……

然而许多人迟疑，是因为极渴望一件事——比如爱情——的时候，便会将以往求而不得的痛苦记忆与之相联系。因为有过求而不得的记忆，不想重蹈覆辙，于是他们极敏感于可能的失败，一想到后续可能的挫折，就心惊胆战，为了规避失败后的痛苦，便迟疑犹豫。大概求而不得的记忆越刻骨铭心，人就越容易迟疑不进。

通常低自尊的人，或者童年遭受过不愉快经历的人，已经被痛苦经验规训过，他们遇到美好事物或自觉美好的事物，便会更将之美化，托上云端，抬头仰望，然后顾影自怜，下意识觉得，自己不配获得美好的事物，不配快乐，于是他们便放弃了自己追求幸福、追求爱的权利。

那些在各类关系中受过挫折，比如被父母轻视过、被意中人忽略过的人，默默咽下了这些经历，但这些经历留下的痛苦烙印并没消失。通过这些经历，他们已经相信：感情关系就是不平等的，付出不一定有回报；也相信如果他们投注了爱情，信赖了对方，自己的情绪就会被对方影响，甚至失去自我控制。他们会觉得投入了爱，就是允许对方肆意伤害自己。于是他们会认定，反正追求对方也没啥把握，那么自我保护、不重复受伤才更重要。这种想法走向极端便是：

"谁先动心谁就输了，不爱的那一方才更主动。"

由此反推，相当多迟疑犹豫不敢付出爱的人，都有过求而不得的创伤经历，可能很幽微，可能其他人都不记得、自己都选择性忽略了，但或多或少，这点隐痛藏在心里。每当他们想追求什么的时候，过去的隐痛就会凭空跳出来提醒他们：

不管忍得有多难过，总好过付出了还要收获痛苦！

退缩、迟疑之后，占据主导的是自我保护的欲望，以及以往记忆的声音：

"爱是不平等的……

"如果对方不爱我，我主动剖白自己的心反而会让对方随意伤害我……

"我以前的经历，让我觉得自己不配获得爱……

"那么，为了保护自己，索性就不要投入真爱了……

"反正我也得不到爱……

"只要我不动心，就没人能伤得到我啦……"

这种心理也不是没有解法。我之前翻译美国小说家沃尔特·特维斯的《午夜球手》时，注意过一个老赌棍的说法：那些未得胜便为自己可能输掉找借口自我保护的人，往往会利用一切借口输掉。

所以，当发现自己内心开始哀鸣，呼吁自己退却时，不妨跳出来想一想：那让自己犹豫的，究竟是理性的审时度势，还是单纯因创伤记忆而顾影自怜，拖慢自己的脚步？

当然，做到这一点并不容易。有些幸运儿天生幸运，没有经历过创伤，所以做事一往无前，毫不迟疑——但这类人少。那些有过创伤记忆的人，可能需要偶尔冷静理性地审视，加上一点大胆，才能找到最终的爱情。所以在觉得迟疑犹豫时，不妨想一想：

"我觉得自己不成，这想法是出于理性还是出于感性？"

"我迟疑了,是困难实在难以克服,还是怕重蹈覆辙,所以提前认输算了?"

"重复一遍之前的痛苦又怎么样?这真是我承受不起的吗?"

虽然人世间什么事都可能困难重重,但对那些因有过不好经历,遇到真爱就迟疑的人而言,绝大多数障碍,其实并非客观事实,而是基于自己的经历,想象出来的。

不表白
能避免什么，会失去什么

表白是个技术活。

没啥技术含量的表白，比如阿Q对吴妈一跪，"我和你困觉"，下场可想而知。

太精致的表达，有点让人难以理解。比如贾宝玉对林黛玉那句"你放心"，可算作表白，但若不看前因后果，只读这句便会犯糊涂。

我小时候傻，总觉得有事说出来多好，弯弯绕来回猜，没劲。后来，多少明白了：谁都有患得患失的时候。人心隔肚皮，越是想要的越怕丢。哪怕在外人看来十拿九稳的事，当事人还是怕得很。

在许多爱情故事里,大家都把爱情当作竞技:好像谁先说了表白的话,谁就输了似的。许多人得借着合适的日子,才敢说。

许多人惯常的思维里,痴心的那一边是输家。抱着这种心态,感情会变成一种你来我往的竞技,"谁爱得更多一点、谁付出更多一点",都要锱铢必较。

《围城》里,赵辛楣明示过方鸿渐,孙柔嘉用心良苦要追他。之后方孙吵架时,方鸿渐一句"也居然有你这样的女人千方百计要嫁我",让孙柔嘉立时愤怒到了极点。

因为被表白的一方是如此被动,所以表白方的表白和付出反过来可以成为道德优势。《霸王别姬》里,菊仙倒追段小楼,是自己舍弃一切,跑来倒贴,而且当着众人面,下了赌注。菊仙这一下厉害得很,抓住了段小楼要面子重情义的弱点,料定他不会放弃自己。

原著那段写得好:"菊仙不语,瞅着他,等他发话。她押得重,却又不相信自己输。"

段小楼认了之后,程蝶衣忍不住给了句怨毒的吐槽:

"不会唱戏,就别洒狗血了!"

许多少年会提着吉他跑去女生楼下弹琴表白,可能当日无心，其实效果类似。"大家都看到了！我是来表白的！"

这也是许多女生不喜欢这种方式的缘由：如此公开表白，很容易让姑娘下不来台。答应吧，不乐意；不答应吧，这么多人看着呢，这不是道德绑架吗？

现在大家都会"撩"，绕着弯地说甜蜜的情话、赞美之词，老老实实地说"爱你"的，反而少了。

想想也不奇怪。张爱玲的《倾城之恋》里，范柳原跟白流苏定情前，彼此说些有的没的，过口不过心。反而战乱里，相拥时，"她突然爬到柳原身边，隔着他的棉被，拥抱着他。他从被窝里伸出手来握住她的手。他们把彼此看得透明透亮。仅仅是一刹那的彻底的谅解，然而这一刹那够他们在一起和谐地活个十年八年"。彼此都明白了，无保留了，底牌亮出来了，没有谈判的余地了，就看对手会不会伤害自己了。

有些表白一旦说出来，彼此就再也不会相见了。《黄金时代》里，直到多年之后，陈清扬才向王二承认，她在写交代材料时描述过自己在清风山上爱上了王二，而且永远不会改变。她告诉王二这件事是二人临别时，之后彼此再没见面。

《飞狐外传》里，程灵素临死前，对胡斐说了这么一段话，其实也就相当于临终表白了：

"我师父说中了这三种剧毒,无药可治,因为他只道世上没有一个医生,肯不要自己的性命来救活病人。大哥,他不知我……我会待你这样……"

王家卫电影里的人都挺有套路。《东邪西毒》里有这样一段话:"从小我就懂得保护自己,我知道要想不被人拒绝,最好的方法是先拒绝别人……虽然我很喜欢她,但是我始终都不想让她知道。"《重庆森林》里女杀手(林青霞)祝警察223(金城武)生日快乐,警察663(梁朝伟)结尾对女招待阿菲(王菲)说了句"你说去哪儿就去哪儿",诸如此类。

王家卫电影里正儿八经的表白,就是《一代宗师》里,宫二去跟叶问说:"叶先生,说句真心话,我心里有过你。我把这话告诉你也没什么。喜欢人不犯法。"

如果宫二的话说到这里就停止该多好,可惜……

"可我也只能到喜欢为止了。"

虽然宫二是女中豪杰,但她终于知道没戏,去日无多了,才肯说出来的。

寻常男女的日常表白,其实更像是"我们处处看吧"之类的意见征求,不一定多真诚,可能有点油滑,但其实也挺好,因为那样不用赌上一生,还有回旋余地。

对性格委婉的人而言，真正有胆量、坦坦荡荡表白者，大概要么是确定彼此能一辈子在一起，要么是不心存指望了。《乱世佳人》结尾，瑞德·巴特勒决定离开斯佳丽，才肯告诉她，自己用尽一切爱过她。他不怕告诉她，因为对此时此地的斯佳丽而言，就只剩下：

"不知何故……我都不在乎。"

在该表白时不表白，在不爱了不抱希望时才表白，当然很酷。虽然这样能保护自己不受伤害，并维持尊严，但反过来看……此时表白其实并不能得到什么。

《东邪西毒》里欧阳锋"为了不被拒绝，所以先拒绝别人"以维护他的自尊。他这样做仿佛只要不表达出来，自己就不会失败似的。就像我小学那会儿，某个男生如果喜欢某个女生，一般不会直接表达，倒会想着法子去气气她，捉弄一下她。

有的人偶尔鼓起勇气，支支吾吾输出了善意，没得到回应，会很中二地觉得心灰意冷，痴心错付了。唉，等年纪稍长后回头看，才会发现问题：

许多时候，你怯生生输出了善意，表达了情愫，自觉表达得很清楚，然而那善意如此细微，对方未必都感受得到，可是自己又总希望对方如自己一样，能在意到自己内心的每个细节，希望对方也能大张旗鼓地对自己加以反馈——很难吧？

大多数人，并不会根据你给出的一些蛛丝马迹，就看透你内心的深厚情愫——除非他是柯南或福尔摩斯。许多时候，是自己内心风起云涌，行动上蚂蚁挪窝，却指望对方能一眼看透，还山崩地裂地给出反馈，这种想法就不太对。

表达的目的，如果是自我感动，那就只能落得自我感动；如果是希望对方给出反馈，那自己就得表达得明晰一点。

如果没让对方了解你的心意，那你再怎么自我感动，都不能算表白成功。非要含羞带臊说一句不清不楚的话，然后捂脸跑开，指望对方能懂得，那其实就是默认自己把苦给咽了。

情绪是需要表达的，不然只会郁积。郁积久了，总会在别的地方释放出来。

村上春树在他第一本小说《且听风吟》里写到，主角曾是一个自闭孤独的少年，后来被医生劝导了，于是在他十四岁那年的春天，他滔滔不绝狂说一番，到七月他发了高烧，然后才正常了。

"文明即是传达。"

一定要传达到了，才算表达。含糊不清地表达，让对方猜，对方没回应就自行判定自己失败了，没意思。什么事都说清楚，会好很多。要不然，只会让彼此郁积着，猜测，然后不动声色地在其他的地方表现为遗憾或恶意。

话说，爱情与世上大多数美丽动人的事物一样，不需要解释或分析，只需要去经历。

《老友记》里，乔伊的爸爸问他："乔，你爱过吗？"

乔伊老老实实地回答："我不知道。"

于是他爸爸点头道："那你就是没爱过。"

爱情就是如此：你不确定自己有没有爱过，就是没有爱过。真爱过了，就不会怀疑其有无了。

《围城》里，方鸿渐当学生时很懂大道理，跟人大吹自己看透了，说世上没有爱情，所谓的爱情就是生殖冲动。遇到唐晓芙，立刻全身心融化，一切大道理都抛到九霄云外去了。道理大家都懂，但遇到爱情时，就是没道理的。

人遭遇爱情时，就像游惯泳池的人，初见到大海，会觉得目眩神驰，爱情美丽到让人恐惧；会觉得之前的经历与信念，全都被冲走推翻；会让一个无神论者一下子相信有神，相信命运，相信命中注定。爱情会让人明知道真涉足过去可能有无数波折，但还是满怀欣喜、义无反顾地走过去了。

以我所见，大多数对爱情深恶痛绝的人，自己可能恰好经历过爱情——未必如意就是了，所以容易走向另一个极端。爱情不一定圆润无瑕疵，肯定不纯粹，而且经不起分析——一分析，里头很容易掺杂虚荣心、爱欲、占有欲、依赖感等等。就像大海浪潮汹涌而来，色彩明丽，你如果细致分析，那浪潮无非是风、咸苦的水、阳光、矿物质等等拼起来的。

世上没什么东西经得起细细拆分，也没什么东西能保持不变。永垂不朽只是个美好的祝愿。但美好的东西就是美好的。经历过的感受，是最真实的。

大多数动人的爱情过去之后，你回忆时，会连同甜蜜的时刻和苦涩的时刻，一起想起来。苦情歌就是为后一种经历存在的。如果爱情有了好结果，你挺乐意回想起曾经那些艰辛的时光；身处甜蜜之中时，忆苦能让后来的快乐加倍。

爱情没有固定的形式。爱情经不起分析。爱情会让人记下那些独特的体验。

去爱就好了。

做过甜品的人都知道，有些甜品也很"虚幻"（拼命用手搅打蛋液以便掺入一定的空气），也不都是甜蜜的（杏仁或可可粉并不甜；酸奶放很多的话，甜品会很酸；法国人做苹果派喜欢用单吃酸得吓人的苹果）。

是那些虚幻的东西（比如自我陶醉，比如胡思乱想，比如自我暗示）和那些不太甜的东西（某些苦涩的回忆，不停地希望与失望），才让爱情丰厚动人、甜苦交加。

一味纯粹甜而厚实的感情，就像夯实的吃食。好吃，饱腹，但那不太会让你魂牵梦萦。

所以，有可能爱时，就别瞻前顾后瞎琢磨。

好好地爱吧，有爱就去表达吧。

就像遇见一款能让你着魔的甜品。如果忙着琢磨这家甜品店会开多久，该甜品的性价比高不高，吃甜品是不是健康之类的话，那……

你有没有过那种"那家店关了，才后悔自己没多去吃几次，以后吃任何东西，都还会想起来觉得遗憾"的经历呢？

觉得表达情绪很丢人的人，许多是小时候被挑刺挑多了，被伤害惯了。实际上，多数自己感受到的内心痛苦，都是自己在惩罚自己。

人生到最后，后悔没做的事，永远多过后悔做过的事。人什么时候会安心呢？"我该做的都做了，没结果，总好过想着还有可能性，却畏首畏尾没做。"

世上绝大多数事都虚幻且无常，但并没有多少比爱情更美好的。

别多想，体验就是了。如果需要表达，表达就是了。爱是不丢人的。

希望，每个人都能获得爱，以及爱之中的快乐吧。

甜言蜜语

在传统观念里,"甜言蜜语"简直像个贬义词——可大家都乐意听这个。

《武林外传》里,佟湘玉为了听白展堂一句甜言蜜语,装睡不醒。到生死之际,她听白展堂说出"我喜欢你,贼喜欢",觉得死而无憾。

《我爱我家》里,和平发现贾志国出差时给杭州美人小方写信,称呼她"方",立刻不高兴了:"方什么呀?"

贾志国:"没有了,就一个'方'字,我这人用词简练,在单位锻炼这么多年了,你又不是不知道……"

和平大怒:"嘿嘿嘿!我跟你过十几年了,你冲我简练过一回没有啊?你叫过我一个'平'字没有啊?凭什么她一上来就能享受这待遇啊?"

"待遇"这词用得极精确。亲密关系里,以一个亲密的称呼称之,其实是享受"待遇"。

侯宝林先生的相声里有个段子,说一个丈夫嫌弃老婆,连"爱情上的普通话都不会说"。说妻子招呼丈夫戴上围巾:"围巾,又忘了,冻着怎么办!"却被丈夫嫌没有爱情的味儿,丈夫认定,应该把称呼改为"亲爱的,我的小麻雀,我的小老鼠……"。

传统文化中讲感情,都很务实,觉得不必要整虚的。

比如白展堂就觉得甜言蜜语没用:"情侣就得整天腻腻歪歪情情爱爱的呀?"当吕轻侯指出他的问题:"你连称呼到现在都没改!"白展堂还嘴硬:"改什么称呼啊?掌柜的说着不比湘玉顺嘴吗?"

的确在感情中,实在的关心比虚浮的称呼有用;实在地递围巾与陪伴,比嘴上甜言蜜语有用。白展堂嘴里说着"掌柜的",到生死之际为了佟湘玉搏命丝毫不含糊。

但这里有个逻辑小漏洞:

许多人会觉得,刀子嘴豆腐心,要好过甜言蜜语假仗义。

但这两者其实不对立,真情实感和甜言蜜语,难道只能二选一?

更进一步,为什么感情的交流,要分两种形式?

一种是熟不拘礼的,贾志国喊"和平",白展堂喊"掌柜的"。一种是亲密的,贾志国喊"方",白展堂喊"湘玉"。

为什么有人就是说不出关心慰藉的甜言蜜语呢?

某英语网站有过一个长达两年的语言文本分析研究项目,研究发现不同性别用户,说话方式有所不同:女性用户说话更偏向交流感受,更富于同理心;男性用户说话更有系统性,更讲求现实意义。这种倾向,在传情达意颇为内敛的东亚文化里,尤其明显。

日本学者关根英二说过一段话,大意是:在保守传统的世道下,表达出深情一面的男人,会让人觉得柔弱、轻浮、不稳重;反过来,坚忍压抑、重视实际的男人,才是爷们。

但抱着这种心态久了,人就会变得不肯在日常生活中表达感情,别扭,傲娇,回避、压抑情感。

夫妻之间、亲子之间,也不能太直白地表达感情,甚至得用骂骂咧咧来表达亲热。典型的像《红楼梦》里,贾政对贾宝玉,明明心里是喜欢的,嘴里却要骂骂咧咧,扮演好一个严父,反而要众清客时不常来劝。

越是老派人,越是如此。比如我的朋友中,也有许多人是这样子的。女性朋友(哪怕有很多是塑料姐妹花)可能还会互相夸赞,男性朋友更多的是插科打诨,互相吐槽,觉得这样才是不把彼此当外人。越是这样的男性,对孩子,无论爱得多深,也不太会表达。关系越近,感情越深,平日相处反而越沉默回避。也许偶尔用一些笨拙的方式表达亲密,有时没能传达给对方,只好安慰自己:"改什么称呼啊?掌柜的说着不比湘玉顺嘴吗?"

非得佟湘玉昏迷了,白展堂才表达出来:"人们常说是日久生情,可我知道,我对你是一见钟情。"

可是,语言的意义是传达。没传达到对面的爱,只是自我感动。

实实在在的关心和甜言蜜语并不矛盾,就像豆腐心不一定非得刀子嘴,没必要两个只能选一个。直率地表达并没有错,而且感情传达到了,开心一刻是一刻。

《潜伏》里,余则成心爱的左蓝过世了,翠平感叹自己该早告诉左蓝真相:"我该告诉她,你肚子里只有她。她闭眼之前有个名分,心里会美的。"而余则成只能低头:"这话,我在她遗体前说过了。"

可那时说,又有什么用呢?

所以咯，对爱人，对亲人，都是如此。想表达的爱，不妨表达出来。

毕竟有那么多人，一辈子都听不到几句真心实意。于是，听到几句贴心的甜言蜜语，魂都能飘了去。

人能够
投入爱的时光，到底有多长

白居易《长恨歌》洋洋洒洒，写尽唐玄宗与杨贵妃的爱情。如果要一句话概括，该怎么说？

我个人认为，李商隐写过一句极妙的句子，《马嵬》一诗中，他说："此日六军同驻马，当时七夕笑牵牛。"马嵬驿前六军不发，帝妃被迫诀别；当年七月七日长生殿，曾经笑看牛郎织女星。千言万语，都在里头了。

少年时听惯牛郎织女鹊桥相会的故事，人们对这个故事的理解评价不一。有的说天上都难得圆满，何况人间；有的说人世难得相聚，珍惜此夜……

我外婆也念叨：牛郎不是个好东西，小孩子不要学他，偷看人洗澡，跟猪八戒看蜘蛛精何异……

秦观在他著名的词作《鹊桥仙·纤云弄巧》中写道："金风玉露一相逢，便胜却人间无数。""两情若是久长时，又岂在朝朝暮暮。"这也算个解读牛郎织女的角度。虽然他们相隔很久才能短暂相会一次，但神仙的寿命长久，也挺好。《书剑恩仇录》里，陈家洛给香香公主说过牛郎织女的故事。陈家洛第一次说，是这么念叨的："天上两个仙人虽然一年只会一次，可是他们千千万万年都能相会，比凡人数十年就要死去，又好得多了。"

第二次提到这个故事，是他要跟香香公主诀别了，此时他说："咱俩过得这么快活，虽然时候很短，但比许多一起过了几十年的夫妻，咱俩的快活还是多些吧。"

此话虽像自我开解，却也不无道理。顺这个角度想开去。

《老友记》中有一集，罗斯发现了莫妮卡和钱德勒的地下情，暴跳如雷，跑来追问。钱德勒吓得跟莫妮卡当场告别：

"看，我们这段感情挺不错了，有四五个月互相挚爱的时刻，这已经胜过绝大多数寻常夫妻了。那，就这样吧！"

"有四五个月互相挚爱的时刻，这已经胜过绝大多数寻常夫妻了。"这话触目惊心，想想其实也没错：世上许多夫妻，其实是凑合将就的，真诚相爱的愉悦时刻，真没那么长。

关于唐玄宗和杨贵妃，《酉阳杂俎》中有一个故事：天宝末年，交趾进贡来瑞龙脑香。玄宗赐给贵妃十枚，香气传出十来步远。夏天唐玄宗跟人下棋，让贺怀智弹琵琶，杨贵妃在旁，看玄宗要输棋了，就放小狗弄乱了棋子。唐玄宗高兴坏了。

当日风吹动杨贵妃的领巾，碰到了贺怀智的头巾，好半天才落下。贺怀智回去，发现满身香气，于是把头巾摘下，搁进了锦囊里。

大乱过后，玄宗自蜀返归长安，此时贵妃已去，贺怀智把锦囊呈上。唐玄宗一打开锦囊，闻到香味，眼泪下来了："这是瑞龙脑香啊！"

读这故事也很令人哀伤，涉及天下大事的不多提，我只觉得，玄宗有其不幸和咎由自取处。但抛掉君王背景，只谈一个人的情感，不幸中的万幸是，他确实爱过，他还有的回忆，这香味与他"当时七夕笑牵牛"的快乐，是一体的。

"当时七夕笑牵牛"的快乐，对比"此日六军同驻马"的悲剧，自然是令人哀伤的。但当时的爱，也是真正令他快乐的。

人生说长不长说短不短，在人的一生中投入爱的机会，也是倏忽易逝的。将来的事，谁都把握不住，但还在爱着时，就好好爱吧。

钱德勒和陈家洛也都说，许多过了一辈子的夫妻，快活的时间也未必有多长。

这世上更有人一辈子没真正爱过。

如果有机会爱，就还是认真大胆去爱吧。反正也没什么东西，真能地久天长。

但很多年后，能想起自己曾经投注心力真爱过，也算是记忆中有自己的一缕瑞龙脑香。

所谓
体面的婚姻

对许多所谓体面人而言,婚姻这玩意,只是他们体面形象的装饰品罢了。

老一派传统婚姻里,许多夫妻都在演戏,在明明不幸福的婚姻里,维持着体面,维持着假装幸福的嘴脸,算计着,琢磨着,表演着,希望成为别人口中体面的夫妇,希望在自家人眼里很靠谱。也许以为把所有人都哄过了,就能哄到自己,让自己相信这样也很幸福。

对这类精致又无情的体面人,尤其是男人而言,婚姻是个装饰品,方便他成为他人口中的"好丈夫""好儿子""好父亲"。活着的老婆是个好装饰品,甚至老婆不在,都有用途。像

《围城》里的汪处厚，人到中年，儿子大学毕业，这时老婆逝世，他自觉运气挺好。他自己续弦再娶，还好就着亡妻写悼亡文章，甚至还准备等续弦生了孩子，赶紧写一个"先室人忌辰泫然有作"，好凑一句"眼前新妇新儿女，已是人生第二回"，如此爱妻人设也有了。

当然也有一些人，一开始就很清楚。张爱玲的《红玫瑰与白玫瑰》里，主角佟振保只爱自己。他跟友妻红玫瑰搅在一起，但为了体面，没和她继续下去。为了体面，他娶了看上去好控制，摆出去也很像样的大学毕业生白玫瑰。大多数时候，他是在满足自己的掌控欲，好说服自己"我是个体面人""我的生活很完美"，以构筑一个自我认可的完美形象。

大概，许多体面人生活中的许多仪式，都已经脱离了本能的情感需求。热情的情妇、温良的妻子，都是拿来自我说服的道具，让自己觉得"正在度过体面的人生"。

这样的婚姻，当然没啥感情：佟振保婚后便冷暴力白玫瑰，甚至定期宿娼，还觉得理所当然。当母亲和妻子有了矛盾后，他既恼妻子，又烦母亲——觉得妻子不柔顺，又觉得母亲任性，让他没法继续扮演好丈夫和好儿子。

许多人婚姻中的糟糕荒唐表现，也许是因为一开始就不是为了感情，而为了求体面才踏进婚姻。

这也是为什么,许多体面人要追求"好控制"的伴侣。

理想的婚姻是对等的,互敬互爱的。然而那样的婚姻,势必要求彼此做出牺牲,来适应彼此。

那些自私、聪明又身怀利益的体面人,轻易不肯为他人牺牲,便去找好控制的对象。如此,自己能靠各色手段,将自身利益最大化,又能仗着势头,居高临下,让柔顺的对方好好听话,安心做自己的装饰品。

这样精打细算的体面人,其实不适合走入婚姻,在婚姻里祸害人,但他们又需要婚姻这个形式,好给自己生育后代,好有妻儿来充当其装饰品。然后自己继续装模作样,做一个看上去体面得无懈可击的人。

这样的婚姻,借张爱玲的说法,自然是恰如"一袭华美的袍,爬满了蚤子"。

自己的事情

在我的故乡，许多老阿姨都认定，保媒拉纤是积德事。

这类阿姨经常主动出击，兴致盎然地追问你的兴趣和历史，然后和你谈论她先知先觉、早已为你相好的一堆选择。

马拉默德有个小说叫《魔桶》，一个犹太媒人家藏有一个魔桶，桶中装满了各类女孩的资料，几乎到了有求必应的地步。我们这里的老阿姨不稀罕用这个，也不使电脑，东西全装在她们的大脑里，偶尔有个皱巴巴的小本。她们对各色适婚男女的信息倒背如流，对别人提的要求可谓有求必应，而且泼辣大胆，总能问得来打听的人面红耳赤，觉得自己不挑几个人选就是亏欠了人家老阿姨似的。

偏这类老阿姨喜欢扎堆聊天。年龄相仿的一群长辈坐在一起，谈着业务（好像挑黄瓜呢），就开始长吁短叹。

媒人们善夸，不说人不是，但此时也会感叹一声：某姑娘某小伙人倒是好，就是年纪有点大，有些"想不开"。

然后父母们纷纷拍大腿，"正是正是"，从此和媒人成了莫逆之交，回头训儿子女儿时，也多了几分底气。

话说，什么叫"想得开"呢？大概就是"跟谁过日子不是过""感情还是要过日子慢慢培养的""再不结婚就晚了"，诸如此类的话。

如果这时候反问一句"那不结婚又怎么了呢"，人家立刻就要瞪着眼睛说："怎么能说这种话?!"

如果你较真一点，问下去：为什么到那年纪非得嫁娶呢？谁规定那个年龄就得嫁娶呢？

回答一般比较模糊。

有诉诸传统的：男大当婚，女大当嫁。

有答非所问的：你到这个年纪不嫁不娶以后就麻烦啦！

也有从外界审视角度出发的：你嫁不出去别人当你怎么着了呢！

反正，都和你自己的悲喜无关。

大概旧时代的生活，带有循规蹈矩的周期性。不时不食，熟人圈子，什么事都讲个习惯和时节。像我们小时候，老师家长会教导我们不许早恋；大学毕业，爸妈又开始急着让我们找伴儿。反正你得合着辙押着韵来。

与此同时，许多爸妈的标准里，总有一个"别人家的孩子"，别人家的孩子，自然样样都合乎规范。肯定都是大学毕业就找了对象，倏忽之间结了婚，买了车供了房，二十七八养上了孩子，过几年孩子都进重点小学了，诸如此类。

大概周围总有种氛围，会跟念广告一样告诫你，如何才能过上一种规范的生活。在什么年纪吃什么、穿什么，做什么工作，和什么样的女孩约会，娶什么样的老婆，嫁什么样的男人，住什么样的房子。当你的生活大致合于标准时，就能在他人的闲谈里，被贴上"那家日子过得还不错"的标签，然后成为"别人家怎么怎么样，你再看看你"这一对话里的"别人家"。个体的差异，个人的感情经历、生活、目标、爱与恨，一言难尽，都抵不上一句"那你看别人怎么在××岁时就××了呢"。

他们都是在推销一种更靠谱、更标准、更可以被拿出去作为"标准模范夫妻"谈资而存在的生活模式。

我觉得如果人生可以过得开心，顺便还满足了"模范"的标准，固然是好。但人生如果单为了满足"标准模范夫妻"而活，就很怪异了。

然而，你很难对关心你的长辈回一句："哎，这些都是我自己的事啦。"

因为对缺少界限感的长辈而言，根本就没有所谓"自己的事"。他们已经被社会磨炼得不仅自己急于遵守规范，还要帮着社会维持规范。

1993年的电视剧《我爱我家》里，有段对话。贾志新试图拿没结婚的事压郑燕红，张嘴就是："个人问题还没着落呢吧？唉，大龄女青年是比就业更严重的社会问题，多少不安定不团结的因素打你们这儿来呀……"

包袱不算，这话里有可琢磨之处。个人如果不找对象，其实跟他人无关；他人要找理由干涉，也只好往"高大上"处找，于是不小心说了"实话"："多少不安定不团结的因素……"

反过来，结婚了，稳定了，难道就安定团结了吗？这才是许多媒人说不出口的真相吧。

我觉得，人和人的相处，包括男女感情，双方的趣味、爱好、生活质量、经济条件、性格是否相合，都很重要，但重中之重是，双方是否保有宽容开放、肯沟通的态度。因为但凡人与人交往，不可能没有纠葛。对对方认可的生活模式的承认，是能和对方合理沟通的基础，双方求同存异，能讲道理，日子才过得下去，所谓"有商有量才算是过日子"。

所以到最后，针对所有"热烘烘的关心"和"别人家都已经

怎么怎么样啦",无非就是这一句话:

"别人的事归别人管。我想在什么年纪做什么事,爱上什么人,和什么人结婚或不结婚却在一起生活,这不都是我自己的事吗?"

而一个世道够不够开明,其实也就是看周遭环境是否容得下"这不都是我自己的事吗"这么一句话。

父母的掌控欲

我不止一次——实际上是许多次——听朋友诉苦了,剧情也大同小异:某年轻人长着长着,一向对之宠爱有加的父母对他的态度也在慢慢变化。终于有一天,年轻人的意愿与父母的意愿产生冲突,然后双方吵了一架。然后,父母用不同的方式传达了这个信号:"你丢了我们的脸面!"

遇到这种事,年轻人自然容易大受刺激,毕竟他们总觉得"父母是最不会伤害我们的人",毕竟他们总以为"父母一直给我足够多的自由啊"。冷不丁,父母突然给了自己当头一棒,年轻人自然大受刺激,无法理解:"他们也没有非要我怎么样啊,怎么忽然就说我丢脸了呢?"

人第一次开始真正成长,总是伴随着一次伤害。但如果伤害来自父母,就有种背后挨刀之感:"怎么他们的脸就那么容易丢呢?"

我见过太多类似案例,安慰过不少有类似经历的朋友,也有了些心得:

许多长辈习惯话不明说,为了维持亲情的温度,也为了让自己不至于真成了个"冷血机器人"。于是长辈养育小辈,小辈敬顺长辈。大家,尤其是长辈,彼此抱着一种心照不宣的默契,希望自己不明说,对方便能心领神会:"我对你好,你该知道怎么回报,对吧?"

许多长辈初为父母时,也的确纯粹至极,觉得不管孩子成就高不高,他将来快乐就好。于是,他们放养孩子,给孩子以自由快乐。而孩子也在这样的环境里,与现实隔着一层,无忧无虑地长大了。许多这样的孩子看得见现实,但不知道现实多苦;许多孩子到成年之前都不太知道自己的家境状况。

但在这个成长过程中,世事往往不如所愿。

许多长辈嘴里不说,但心中自有个模糊的期望。而许多孩子,并不知道父母心中的这个期望。随着时间流逝,模糊的期望变得越来越清晰而现实,表现在生活中,就是父母对孩子的要求，从最初的宽泛变得日益细化，孩子也会慢慢感受到这一点，而自己所获得的一切，最后都得以某种形式回报上去才行。

所谓"穷人的孩子早当家"，说来便是环境使然，逼迫孩子早早地从被哺育的一方，变成"要懂得帮衬家里"的人，参与到经济算计之中去。

在时间的洪流中，孩子与父母都在被动改变。在许多孩子如此长大的同时，其父母也在经历中年危机。许多人当了父母后，其社会地位提升的速度会相对停滞。知足常乐的人会因此享受稳定的天伦之乐，而另一部分人会觉得：自己是为了孩子牺牲了生活。

有些父母会改变做派，甚至把生活重心倒向孩子。比如，我认识的一位阿姨，工作极其努力，几乎没有个人兴趣，私下里却喜欢向我念叨"你看我女儿学骑马""你看我女儿学芭蕾"……她承认她的女儿并不喜欢这些活动，但在自己的谆谆教诲下，女儿也肯学了。当我问起"既然您喜欢，为什么您自己不去学骑马"时，阿姨说她年纪不小了，而且工作忙，加上孩子又小，自己想做的事，就让孩子做了吧。

许多父母便是如此：他们并不是从一开始就希望孩子成为自己生活的延伸。但生活将他们改变至此。他们对生活的掌控能力慢慢下降，他们渴望掌控欲，当他们发现自己的生活已经没有巨幅变化的可能，便将期望转移到孩子身上去。如此，许多家长觉得自己已经为孩子规划并铺好了路，但那是家长们自己想的路。许多孩子并不知道这一点。

终有一日，当家长发觉孩子没有按自己规划的路走时，难免会觉得自己的人生又一次虚掷了。一旦孩子逾越了他们认可的范围，他们就觉得：

"你丢了我们的脸！"

他们好像很少意识到，孩子也是个独立的人。

对于这种情况，我和大家分享我的一点心得：

作为孩子，不妨尽早经济独立。宁可苦一点累一点，宁可过不上"周遭的人认定的同年龄段应有的生活"，也要尽量保持自在。乍听之下，可能觉得这样做会跟家里断了情分，但讲点道理的父母，一旦发现子女并没有在经济上消耗自己太多，也会相应地不去要求子女太多，彼此负担都小一些。

与此同时，尽量做好自己。毕竟父母规划的路径，未必全是正确的。时间流逝，自己的路走稳了，走出一个独立的生活状态来了，父母的姿态也就会多少软化一点。老话说，老儿子、大孙子，老太太的命根子。说来无非因为父母也会有自己调整心态的一天，也会到老来心软，意识到自己的掌控欲许多时候是多余的。

当然，最重要的一点是最好早点跟掌控欲强的父母将话说开。许多父母子女之间的不愉快，根源都在于"自家人抹不开脸"。当然，彼此心知肚明进退有度，那是最完美的，然而那属于理想状况。现实是大多数人都不会读心术，毕竟人心隔肚皮。一家人彼此顾忌，小心翼翼，有分歧也拖着不说，总会有糟糕的那天。

人总希望失去的时间与精力能换回一些什么来。财产、地位、子女的成就、假想中他人的赞美，诸如此类。得则欣喜，失则忧惧，掌控欲，许多时候，也就是怕人生虚掷。但其实真属于自己的，也就只有自己这副身体，以及自己的经历留下的记忆。连养的猫猫都有自己的意志，何况是个大活人？能够呼吸的，就不能指望一直放在身旁。

父母接受这一点是挺痛苦的，但如果能尽早厘清与子女之间的关系，就能尽早改善关系。世上大多数事都如此：如果早晚要离开，那越早忍痛切割断开，后续越有余地来缓冲与适应。

从父母那里独立

去过了布拉格，就很容易理解卡夫卡为何要那样写小说了。

比如，为什么他会写《城堡》？因为住在伏尔塔瓦河的右岸，的确能看见左岸那巍峨高大却又若即若离的城堡。比如，为什么卡夫卡笔下的现代办公室生活如此机械乏味？因为他拿到法学博士学位后，在保险公司工作，他深感工作乏味。比如，为什么在他著名的《变形记》里，主角变成一只甲虫后，父亲会表现得那么无情？因为现实生活中，卡夫卡很惧怕他的父亲。

众所周知，村上春树很喜欢卡夫卡，还专门写了个小说叫作《海边的卡夫卡》。小说里，主角完成了精神弑父。为何村上春树那么喜欢卡夫卡？

话说，读村上春树多的人，大概能注意到两件事：他对中国人颇有好感（比如，"青春三部曲"里的酒吧老板就是中国人）；他不在小说里直接写自己的父亲。

现实中，村上春树的父亲是僧人之子，他曾被拉进队伍，参加过侵华战争。村上春树图书的美国译者之一提到过，村上少年时听父亲谈论过在中国的一些事，令他极为震惊。他少年时曾看见父亲在餐桌前祈祷，"为了所有在战争中死去的人"，村上形容说，他当时看父亲的背影，"仿佛看见死亡的阴影"。2009年耶路撒冷奖颁奖仪式上，村上如是说，他父亲前一年去世了，享年九十岁。"但潜藏在他周围的死亡气息却留在了我自身的记忆里。这是少数几样我从他那儿承继下来的东西，其中最重要的之一。"

父子感情，搞得儿子写作时都有阴影了，是件挺吓人的事情。如果早点避开这种压力，是不是反而会好一些？

1988年，有部电视剧叫《好爸爸坏爸爸》，描述了一个性格偏急的上海爸爸，这位爸爸做饭洗衣很积极，但急起来也打儿子。电视剧主题曲歌词有如下句子："哪个爸爸不骂人，哪个孩子不害怕？打是亲来骂是爱，哪个不是好爸爸！"

我自己从小没被打过，所以当时听这歌唱得振振有词，都愣住了。考虑到上海向来得风气之先，这部剧里的父亲还是个正面形象，却依然宣扬爸爸打骂孩子是合理的，"打是亲来骂是爱"，可见当时，打孩子真不算件事。

大概这种"只要是为了你好，怎么都是合理的"，就是当时父母的普遍心理。这里面多少掺杂着一些丛林法则，一点父权色彩：男性必须阳刚，必须接受一定程度的压迫和体罚，才能够自立。甚至连一部电视剧中塑造的理想好爸爸，都如此认为。

李安早期电影杰作"父亲三部曲"，围绕着郎雄先生扮演的父亲，谈论亲情关系。《饮食男女》里，郎雄默默地看着三个女儿嫁的嫁、单的单，自己也去找了真爱；《喜宴》里郎雄看着儿子的感情，看破不说破；《推手》里郎雄打着太极拳还跟老太太们温柔聊天。郎雄先生扮演的父亲算是一个温和敦厚又通达隐忍的理想老父亲形象了。但这样的情节，未免过于理想化。就在《饮食男女》里，最后的家宴上，郎雄扮的朱师傅说破了中国式家庭的真理，家之所以为家，就在于还有这么一点彼此的顾忌。

问题是，如果这类顾忌是双方彼此都有的：父母顾忌孩子的感受，孩子顾忌父母的感受，那亲子关系怕还好些。但我们周围为数不少的父母，情感不太敏锐，不太顾忌孩子的感受而且也不太愿意主动了解孩子，反映到亲子关系上常会表现为：父母单方面控制，觉得子女归附自己理所当然；孩子也默认如此的情景。也许恰因为自小长大，接受了如此的观念，这样成长起来的孩子脱离父母独立时，都会经历点内疚的阵痛。

父母不放手是可以理解的：我这一代多是独生子女，父母投注太多，父母的控制欲难免最重，开明潇洒让孩子自由自在的，终究是少数。

而孩子们的心态更微妙：

我有些朋友觉得父母对自己的长期控制乃是必然，为避免冲突，总觉得再忍一忍便好，他们希望，久而久之，父母自然会接受孩子独立的事实——却发现许多父母的执念，往往越老越重。再忍一忍，并没忍出什么结果来。

许多孩子，则是自愿将自主权交给父母的。违逆父母的念头想都不敢想——连想一想，都会觉得自己有罪。这就成了个死结。以至于我认识的许多朋友，都是被动地独立——他们没有主动独立，而是离家上大学，在异乡找工作，间接完成了独立。

于是我见过的样本里，有一部分中小城市出身的孩子，去大城市后独立了；反而是大城市的孩子，还跟原生家庭分不清。每当他们提起要离家，便被说："你干吗出去住？就住家里好咪！"

再讲一个大家都不太乐意面对的现实：孩子独立这事，迟早会发生。哪怕身体上不独立，精神上也早晚会跟家庭切割。

《饮食男女》的解决之道是：父亲找到了自己的兴趣与快乐。《喜宴》的解决之道是：亲子彼此让一步，彼此妥协了。

电视剧《我爱我家》里有一集，三代同住了十几年的贾志国，终于能分到房子时，如此抒发情绪："你也为我想想，我好歹也四十多岁了。""你说我上班我看人脸色，我回家我还得看人脸色？单位的事我做不了主，家里的事我还做不了主？这是谁的主意呀？"

有点残忍，但挺真实。如果始终僵着，人还在家里，心早已不在了。折腾到这地步，又何必呢？

我自己上大学后，就立刻跟父母在经济上划清楚。我跟父母感情很好，但越早划清，父母越有时间和金钱干他们自己想干的事，我也能了无顾忌，日子过得苦点没关系，但不必背着"我这用的可是爸妈的养老钱"的负担。一晃十几年过去了，我和我父母感情始终都很好。在我二十五岁左右，他们很乐呵地就接受了我的完全独立——从经济入手，到情感接受，似乎是最好的法子。

长痛不如短痛，独立了，分清了，未必就多影响亲子感情。早点分清，也许反而能让彼此有时间调整好，找到新的感情定位。然而，大多数的父母和孩子，因为走不出这一步，就希望忍一忍等一等就好。父母缺乏让孩子独立的意识，孩子也就乐意拖着，总希望父母自己接受。久而久之，一直窝着憋着，彼此迁就着顾忌着，反而会让彼此的感情变坏：父母觉得孩子不再听话，孩子觉得父母怎么那么顽固。许多曾经诚挚的亲子之爱，就是被这样慢慢磨损掉的。终于到相看两厌的地步，却又何必？

大多数父母对子女的干涉程度，与子女的经济反馈成反比。一旦发现子女经济自由而且路走得通畅，讲道理的父母，普遍也会乐意给子女更大的自由。讲道理的父母，一旦发现你能自给自足，也就不再干涉。

当然，经济独立后，也不妨反哺家庭：许多孩子反哺父母，既是希望父母过得好，也是他们向父母证明自己能力的方式。我认识的许多自由职业者朋友都这样：爱给家里买东西，好让家里安心，消除家里"你又没有单位"的焦虑感。除了一些"吸血鬼"家庭外，大多数父母，未必真乐意逼着孩子做这做那。只是我们上一代人苦惯了，又多少挨过骗，安全感的累积需要时间。所以给长辈花钱，既是对他们的反哺，也是一种经济独立的证明。如此久了之后，还可能买到更多自由呢。甚至，还可能因为买些东西，永久性地改变长辈的消费意识和生活习惯——教父母用过各类App的诸位，一定知道我在说什么。

话说，如果父母就是不讲道理，哪怕看到你经济独立了，可以反哺父母了,还是不肯停止干涉呢?

答:这样的父母挺多,但具体心态不一。有些是出于经验,觉得孩子的路途不太平,想加以管制;有些是将全部心力投注于孩子身上久了,不能接受孩子独立的事实;更有些纯粹是有管人的瘾;最变态的一种是,他们觉得自己过了半辈子这种生活,你倒可以出去浪,凭什么?

对拒绝沟通的父母,那么,长痛不如短痛。人总要独立的。所以,直接走出去,过一段独立的生活,逼迫他们自己处理这个问题。随时间流逝,大多数矛盾都能被化解。

虽然有点残忍,但人生不能因此被绑住。

而经济独立,比大多数人想象中要简单得多。在分工制如此发达的时代,人本身需要的东西其实是很少的,多数花费乃是社交需求。换言之,"自己需要的东西",花费不会太吓人;"给别人看的东西",昂贵得多。自己开个账单,除了衣食住行之外,还有哪些是必需的花费呢?仔细想想,有多少花费是缺了就不行的呢?

消费时代,有一种生活方式的陷阱。许多人不是为了自己本身实际的需求,而是为某种生活方式,必须维持一个开支,放弃了一些自由,于是烦恼接踵而至,觉得自己被绑在一台机器上。

很大程度上，他们都是被生活方式限制了。要成为一个父母眼中的好孩子，要成为一个同僚眼中的好队友，要成为一个合乎社会规范的人——为了成为一个符合准绳的人而努力，也可能丧失许多自由。

生活在如今的时代，因为社会分工和大工业发展，你需要点钱购买活下去的生活资料，还需要点精神成就感。那么，你付出点时间，赚取点经济利益，让自己活下去，剩下的时间用来取乐。减少一点维持生活方式的开支，多少会让社交生活不如意，但也许能多一点自由呢？说直白点，所谓自由，就是有自己可以支配的资源——时间或者物质资料。

缺时间，就用物质资料换（少挣多闲）。

缺物质资料，就用时间换（多挣少闲）。

既想要时间也想要物质资料，就少一点开支呗。

工业时代，老板可以花工资向职员买时间；同理，孩子也可以向父母花钱买点自由——当然，不是就此不管父母，无视亲情了。只是，经济独立后反哺父母，多少可以买父母一点安心，甚至可以买来一点少被父母干涉、少被絮叨的自由。

所以觉得跟父母在一起不自由，不妨尽量缩减开支、提高收入，争取经济独立；还是被絮叨，就自立门户，积极反哺，让父母接受一个基本事实：即便是孩子，也是一个独立个体，有自己的人生。

话说，如果自己经济暂时不能独立，因此无法获得自由呢？

答：那就没法子了。从道理上来说，吃人嘴软，拿人手短。父母们既然供养了孩子，孩子任性的底气多少会差一些。

成年和独立的一个基本标志是：意识到自由并不是免费的，总得自己拼出来才是。

长辈们的马后炮

年轻人很该警惕年长者的一种话术,姑且叫作"不可验证的事后责备"。

比如你一时不如意了,有人蹲在你身旁拍拍你的肩,说:"已经这样了,如果当初……算了,说这个没用,我陪你蹲会儿。"这是从感情上关心你。

有人说:"当时你可能选另一条路会好些,我来分析一下……好,你看,都说清了吧!不过事已经过去了,以后遇到类似的事,咱们再慎重点。"这是从理性上关心你。

但如果有人站得高高的俯视你,说:"我早知道你当时错了,你当时就该……"这种就不宜一股脑全听,随便听一耳朵得了——但也别去硬驳。

因为：

——他的归因不一定正确。可能错的并不是你。

——他当下归咎于你并无意义，因为过去的事无可改变。

——他的归因无法验证真伪，比如一个人在两千年后说，按他的方略，项籍（项羽，名籍，字羽）可以在垓下干翻刘邦，可以姑妄听之；但如果他已经将自己可以让垓下之战的战局逆转的假设视为既成事实，进而说项刘都错了，就有问题。

相当多"不可验证的事后责备"，并不是为了给出好建议，而是依照自己过往经验，刻舟求剑地给出看似有理的建议，以便站得高高的来训诫他人。

而且按我的经历，相当多喜欢大声训诫指导他人的，其实是说给自己听的——对自己那一套深信不疑的人，不会介意别人听不听；越是自信业已动摇的，越是渴望通过训诫别人来自我说服：

"你看别人都听我的，我这可不就是对的？——哪怕我信的这个不对，这也不是我一个人啊！"

之所以说别去硬驳，是因为许多年长的人，观念根深蒂固；

你驳了，真动摇他作为一世根基的信念，会让人猛然爆发。这也是许多年长的人会忽然恼羞成怒的原因。

当然，我这段话也全是经验之谈，所以也别全信，随便听一耳朵得了。

所谓传统的规矩

许多传统，没我们想象的那么久远。

比如，为什么结婚要大操大办热热闹闹呢？

"传统就是这样的！"

然而按传统，《礼记》上如是说："婚礼不贺，人之序也。"就传统而言，婚礼就不该庆贺。倒是需要"为酒食以召乡党僚友"，但那是请他们来做见证而已——古代没有民政局啊，并非庆贺或随份子。

比如，为什么结婚非要买房呢？

"结婚就是要买房！传统就是这样的！"

这时候，你大可以再追问一句父辈："您当年结婚时，当真自家买了房吗？"城市里长大的父辈，听此多半会面露难色。因为住房商品化是什么时候的事，他们一定还记忆犹新。

一定还有父辈嘴硬，说："再前一辈，都是买房结婚的。"这时你可以给他们看民国时的记录、清朝时的市井。哪怕有父辈不肯看史料，好歹肯读读小说吧？钱锺书《围城》、张爱玲《鸿鸾禧》、老舍《骆驼祥子》可都写着：普通人家结婚，就是赁房居住的呢。

法律用来律人，道德用来律己。规矩这玩意，既无法律效力，又谈不上普世道德，只适合用来律小圈子里的什么。所以就得提防规矩被无限放大。众所周知，老一辈喜欢仗着规矩压小一辈，父母压孩子、学长欺负新进学弟，甚至前辈压后辈，三百六十行都如此。不能明着欺负，又没有道理时，最好的工具是什么呢？规矩。

规矩的权威在哪里呢？传统。

传统的威力在哪里呢？沿袭的时间长。大家都这样，甚至不辨真假。违背规矩的代价，就是道德压力：你不守规矩，你连祖宗都不要了吗？——其实老祖宗那个时候，都未必有这规矩呢。

许多所谓的传统规矩，是一具一具套在人脖子上的枷锁。世界文明发展了许多年，不用三跪九叩了，不用请安打千儿了，不用出让初夜权了，不用服徭役了，不用皇帝驾崩就禁娱乐了，不用避讳自己父母的名字了。这些传统枷锁一具一具地被人们扔下来。

大多数人讲传统规矩，常会按照不求有功但求无过的态度行事："虽然也说不清楚，但按着做没错，也不会得罪人。"这些人不一定是捍卫传统规矩，只是随大流罢了。

会刻意捍卫规矩的，一般是两类人。一类人是可以借此得利，于是给人套枷锁。另一类人是对规矩有了感情，很热爱守规矩，看不起不守规矩的，说来无非是：这规矩跟我许多年了，我对它有感情了；我守这么多年规矩，你不守，我不白守了？所以非得维持规矩的神圣性不可！——说来就是凭啥我戴了那么多年枷锁，你可以不戴？不行！

大概，一切以传统为名，却又说不出个子丑寅卯来，只靠时间久远和"别人都这样"就用死规矩欺负活人的做派，从父母逼嫁娶到老鸟坑菜鸟，到师傅榨学徒，到上司压下属，都是见不得光、上不得台面的"耍流氓"。

比较与压力

人好像都会本能地跟周遭比较。少时比较学业成绩，成年后比较伴侣，比较房屋，比较车，比较孩子所上学校的学费，比较家境（哪怕不知道实际数据也要不停地揣测）。当然，到老来就比较儿女的成就，比较儿女孝顺的程度，比较腿脚灵活度……

电视剧《我爱我家》里有一集《恩怨》：

老傅和老胡对着吹牛。老傅说自己儿子是处长，老胡说自己儿子是局长。老傅说自己女儿在美国念书，老胡说自己女儿在美国定居。最后老傅吹说，自己二儿子在海南当经理。"你没有二儿子吧，啊？这下你没法比啦，哈哈哈……"

多了一个二儿子，都算是赢了。

话说，被比较的人，会被纳入一些非本人所愿的、只有比较者才理解的比较基准。像战国时苏秦纵横六国，而在他的势利眼嫂子眼里，只看到他"位高而多金"。刘邦也跟他爸爸开过玩笑："你以前说我不如我哥家业大，现在怎么样？"我有个朋友，虽读了好几个学位，但在其故乡的比较标准里，只会被归类为"大龄未婚"，被催促："还没结婚生孩子哪！准备什么时候生孩子啊？"就像老傅比老胡多个二儿子，也能乐上半天。

我有位同学，尤其讨厌被拿来比较，所以在巴黎、在佛罗伦萨、在东京，不断延长学业。因为只要还待在校园里一天，就可以躲开各种比较的赛道一天。她自己打过个比方，说自己就是一匹不愿意上赛道竞逐、宁可独自吃草的赛马。

各专业行当，各有自己足以夸耀的标准。但对更普世的人——比如七大姑八大姨之类的亲友——而言，还是会看重"有没有钱""有没有生孩子"，因为这样比较好归类。许多人会不知不觉倾斜自己的努力方向，以便获得"他人眼里可理解的成功"。

《我爱我家》的另一集《姑妈从大洋彼岸来》：老傅和美国

的姐姐写信吹牛。说自己三代同堂,住着富丽堂皇的房子,还把自己已故的老伴吹活了。"不能让她把咱们给比下去嘛。"多滑稽啊!

这就延伸到下一点:人很喜欢跟自己相熟的人比较。比如,不认识的谁获得了巨大成就,挺好,但不关我事。小学的同桌发财了。中学的同学成功了。大学舍友成名了。忽然间,心态就不平衡了。

《我爱我家》第三十集《再也不能这样活》里,本来平平静静的贾志国,去了趟同学会,喝了几瓶洋酒,受了刺激。敢情他那些老同学,个个扬名立万,写书法的成了书法家,画画的成了画家,气得他恼恨:"要说当年他画得可不如我呀!在我们美术班,谁把他放眼角啊?"然后他连被当年的初恋情人打个的去接,都自鸣得意一番。

最精妙的是这句:"他现在那套房子,那满堂的硬木家具,那汽车,那电器……还有那身肥肉,那……那本应该属于我的呀!"这种心态,大概跟同侪压力有关。

按照若干实验的说法,人的大脑会将社会包容度与积极回报联系起来。社会包容度怎么测算呢?大脑会自己确立某个社会标签对象,然后看自己是否得到该对象的认同。这个确立对象的过

程,我觉得,就是上文所言的归类。一个人能确立的社会标签对象,基本都是来自自己周遭的社群。于是便有:

"我的群体里人人都成功了,就我不行?压力大了!"

某方面比不过同辈的谁,会有什么糟糕后果吗?除非有直接的竞争关系,比如两个曾经的中学同学如今在争夺同一个职位之类,不然似乎也没啥。

那为什么会让人焦虑呢?

根据一个假说推论:同侪压力本是人类用来适应社会、激励自我而产生的机制。就像小时候,我们觉得自己在班级里排名垫底也没啥时,父母会不停地灌输说:排名第一就是好,排名垫底就是糟!久而久之,我们也就认可了这一点。大概同侪压力这种机制,主要是为了让人去努力竞争有限的资源,好活下去。但这种机制一旦滥用,就会引发另一种焦虑:不只是必须活下去了,还得在同辈里样样争第一,哪怕其实没有直接的资源之争。

在以前那个时代,信息相对不畅通,大家争得了第一,也只是小范围里横着走:楼道里最富裕的一家啦,小区里最成功的一家啦之类。目之所及,也就这么回事。压力大也大不到哪里去。

偏现在是社交网络时代,麻烦了:我们看得见全世界。那些本来跟我们没关系的对象,也强行被大脑归为和我们有关系一类了，开始对我们施加同侪压力。每天看着世界顶尖的案例，人很容易产生各种比较失利的挫败感，而且永无满足之日。其实那些玩意跟自己并没啥直接关系，只是社交网络让我们产生了那似乎和我们有关系的幻觉而已。

大概人的压力，本来是为了警示危险、更好地生活而存在的心理机制。如果某些压力让自己生活得不开心了，就可以考虑抛掉。可是大脑经常擅自标定群体，要到处跟人比较，于是催生挫败感，逼迫自己去获得一些标签化的认可，那真是累呀。实际上，大多数让我们不太快乐的心理活动，或多或少都是这么回事。而且这种比较带来的压力与挫败感，往往很虚幻：有过在不同地方求学或生活经历的人，一定深有体会。一个小圈子小群体里自己倾轧得天翻地覆，在外人看来无足轻重。大多数自以为是的优劣比较，都是自己或他人脑海中的幻觉。大多数人其实并不真在乎其他人。

所以，别活在想象中的比较链里。
只有一个人在真正经历你的生活，你的悲喜。那个人就是你自己。

不幸
与落井下石

我爸老家乡下,每次有人出了意外,院门口常围一群人。能帮忙的,会站得近些,去安慰家里出事的人,帮忙出主意,送点自家东西。帮不了忙的,站在院门口看热闹。看热闹的人中有一类最招人烦,他们大概是这样:一边踮脚看,一边以吃亏者为反面教材,挑刺,跟周围人传授处世之法,指点世道人心。

"倒霉是倒霉,总归是他自家不对……为啥是他倒霉,我就没有事情?你看看,啊,幸亏我从来不犯这种错……"

我小时候不太喜欢这类人,长大后想想,大概明白了:他们招人烦,不只因为这种落井下石的行为,还因为他们看似散漫的指指点点,其实是精准地选择对象来落井下石。大多数这类恶意，往往隐含着这样的逻辑："你吃了亏，完全是因为自己倒霉；所以你该改变自己，迁就之，屈从之。没做到，那就是你的错。""你遭罪，一定是自己做错了什么，我要显得自己很聪明，不会做错。只要不做错，坏事就追不上我。你看你可不就比我倒霉了吧？"

似乎"受害者本身比较弱，本身已无回旋余地了"这个问题他们全不考虑。当然也有另一种可能：他们早已明白，受害者已经身处弱势，无法转圜了，所以大可进行一番攻击——有时还带着"怒其不争"的招牌，以便将落井下石合理化。

鲁迅先生有名言，"哀其不幸，怒其不争"，出自《摩罗诗力说》，用来说拜伦："重独立而爱自繇，苟奴隶立其前，必衷悲而疾视，衷悲所以哀其不幸，疾视所以怒其不争。此诗人所为援希腊之独立，而终死于其军中者也。"即"怒其不争"，也不是在旁乘机打击受害者，说风凉话。

到四十四岁时，鲁迅先生说出了这段更著名的话："勇者愤怒，抽刃向更强者；怯者愤怒，却抽刃向更弱者。不可救药的民族中，一定有许多英雄，专向孩子们瞪眼。这些孱头们！孩子们在瞪眼中长大了，又向别的孩子们瞪眼，并且想：他们一生都过在愤怒中。因为愤怒只是如此，所以他们要愤怒一生，——而且还要愤怒二世，三世，四世，以至末世。"

这段话极精彩又极准确，而且不只适用于当时。因为看惯了欺软怕硬弱肉强食，甚至自己就是类似行为的受害者，于是习惯寻找其他靶子，精准地寻找弱势者，来落井下石。这份精准，体现为"专向孩子们瞪眼"。这里的孩子，也可以指代其他弱势受害者。

当然，事后想来，这种打着"作为旁观者，说句公道话"旗号说风凉话的人，已算是给对方面子了，毕竟都是熟人，四邻八舍看在眼里，最多嘴上痛快痛快，还要点脸。

最恶毒的人，会四处猎取可攻击的对象，落井下石，"又向别的孩子们瞪眼"。所以每次不幸发生时，他们总是第一个赶到现场。

为什么呢？我读过一篇报告，里面讲，怜悯与同理心的基础，是在自身经历的环境中，得到过相对的公平、善意与安全感。得不到这些的人，多会因为焦虑与缺乏安全感，采取极端手段来发泄失望。大概就是所谓"嘴那么毒，心里一定很苦吧"的案例。

我觉得，这也可以用鲁迅先生的逻辑来形容：他们因为一直处在被人瞪眼的环境里，一生在愤怒中度过，所以也要对别人瞪眼，一直愤怒下去。所以要四处猎取新的弱势对象，好第一时间落井下石。

乐趣
是最好的动力，
别的都是噱头

第三部分

如何
找到自己的天赋？

找一个自己能长久从事的、乐此不疲的、哪怕不挣钱也能乐在其中的事情做。

如果能找到，那就是自己真正的天赋所在了。

有些人会觉得，该挑自己擅长的事做。比如，看见个子高的，大家都会建议他"去打篮球、打排球、当模特"。看见长得好的，会建议他"去当模特、当演员"。我还见过孩子父母志得意满地说："钢琴老师都说我家孩子手生得好，适合弹钢琴！"

每个人或多或少，都有过超乎其他人的一技之长。早熟的孩子比别人长得高啦，音准好的孩子擅长唱歌啦，不一而足。

我还见过许多人时不时会感叹：我小时候什么都会，后来就抛下了；如果一直坚持，也许就……

但那是天分吗？不一定。

弹钢琴的朋友跟我说过一句话：钢琴这玩意，是神童的坟墓。

其实任何行业尖端的人，身后都不知埋葬了多少"行百里者半九十"的牺牲者。

你有天赋？世上有天赋的人多了。

你年轻？没关系，过几年就老了。

做久了一行的诸位，一定有类似体验：同行里，最初有天赋，更出色的人，似乎车载斗量。然后时间流逝，剩下还在做这行的，似乎没那么多了吧？

当然，他们可能去做了更赚钱的行当，但这也反映了一个侧面：许多时候，你所擅长的，不一定是你能做得久的。

除却少数惊才绝艳之人，如兰波，如莫扎特，这种天才，毕竟万中无一，绝大多数做得好的，都需要在好的基础上做得久。

所谓一万小时理论，大家都听说过。

伟大之人如巴赫，描述自己的成就时说："我努力工作。"

仅以运动员为例——毕竟比起其他行业中的人，他们已经算是天赋与成就挂钩的人了——他们中的大多数有普通人羡慕无比的天赋。我接触过的某些运动员，他们自己承认过并不热爱这项运动。行外人会觉得暴殄天物，但行内人一定明白，职业会消磨人的热情。任何一个爱好一旦成为职业，一定会因为例行公事而将对爱好的热情消磨掉。

最初的热情被消磨之后，还能支撑着你继续的，才是真爱。

伤仲永的故事众所周知，一般是感叹一个人拥有的天赋被虚掷了，可惜。

但换个角度，方仲永是有诗才，但他可能确实对诗歌没兴趣呢？那很遗憾，作诗可能的确不是他的天赋所在啊。

许多行业尖子接受采访时常说："你要热爱这行。"

一般人听了觉得是敷衍，入行了，谁还不够热爱呢？其实这后面是另一句："……热爱到当职业了还能不讨厌。"

这句话太残忍，许多人是说不出口的。

兴趣、热情与不懈的坚持，在长期来看，这些才是最重要的天赋。但因为它们需要时间和历练去打磨去验证，所以不像音准、反应、记忆力这类显而易见。

从长期来看，一个人真正的天赋，隐藏在那件你空闲下来，依然会乐意做的事情里；隐藏在经历各色破事，依然不会失去兴趣的事情里；隐藏在你困苦时，可以疗愈你的事里。

那件你可以拿来抵抗抑郁与不安，可以持续做许多年而历久不倦还感受到乐趣的事情，那就是你真正的天赋所在了。

而如果你擅长的事，又恰好是你可以做得久的事，那自然是最妙的了。

这和找伴侣的道理是类似的：人生很长，一个一开始能让你的心怦怦直跳的伴侣，未必好过一个可以聊得久，而且还能聊得津津有味的伴侣。

丁香园
咖啡馆与迷惘的一代

如今巴黎丁香园咖啡馆的桌角处挂着黄铜名牌，上面镶嵌着曾经喜欢来这里的名人的名字：贝克特、阿波利奈尔、毕加索、波德莱尔……吧台高脚凳那里，则刻有海明威的名字。

一百年前，海明威喜欢来丁香园咖啡馆。他说这里是巴黎最好的咖啡馆之一。冬天此处室内温暖，春秋两季坐在露天咖啡桌旁也宜人，咖啡馆门前有内伊元帅的铜像，咖啡桌可以放在铜像之旁、树荫之下。

内伊元帅即拿破仑麾下悍将米歇尔·内伊。1815年6月18日的滑铁卢之战，他担任战场指挥官。战争中，他换了五次坐骑，在最后大势已去时，他依然执着向前，直到被属下强行带离战场。半年后他被枪决，为了元帅的尊严，他拒绝戴上眼罩，由他自己向行刑队下令开火：

"士兵们，当一听到我下令开火，就马上直射向我的心脏！等待我的命令，这将是我最后一次向你们下命令了。我抗议对我的判决！我为法兰西打了一百次仗，没有一次掉转枪对着她……士兵们，开火！"

就在这尊铜像下，海明威有过他人生最重要的一段思考。

二十世纪二十年代，比海明威年长四分之一个世纪的女作家格特鲁德·斯泰因也住在巴黎，算海明威的前辈。这位博学的女士一度是海明威的好朋友。某天，她跟一位修车青年闹了点不愉快，就对海明威说："别跟我争辩，你们就是迷惘的一代。"

身为刚经历了一战，一向自觉严以律己的海明威，自然觉得这话不能接受。他沿着山坡走向丁香园咖啡馆，看着内伊元帅的雕像，想象1812年法军从莫斯科撤退，内伊率军殿后，且战且退时，是何等孤独。他想每一代人自有其迷惘，所以，什么是迷惘的一代？

那些肮脏轻率的标签，还是都见鬼去吧！

就是出于这种心思，后来《太阳照常升起》出版时，海明威将"你们都是迷惘的一代"这句话放在扉页，本意是嘲讽斯泰因：明明每一代太阳都照常升起，哪儿来的迷惘的一代？却不巧让大家继续误会,以至于这个称谓成了个文学史名词。

当然,这已经不是重点了。海明威那一代人里,产生了菲茨杰拉德、艾略特、雷马克、庞德等大师。海明威如今的名声,以及他在丁香园咖啡馆门口的思量,名声远大过斯泰因。

更重要的是,海明威的这种态度被传递下来了:总有掌握话语权的前辈,试图给后一代命名,"印象派""野兽派",本来都是嘲讽之词;但历史的发展,常会让人遗忘最初的嘲讽,而将之镌入历史。

喊口号,用一两个词粗暴地概括,售卖商标式概念,斯泰因女士,以及许多评论家,都喜欢这样。当然,斯泰因女士也许洞察力强过其他人,说来也比一般无厘头扯淡的评论家要靠谱些,但如果少一些高瞻远瞩的智者、领导、专家来为时代命名,似乎对年轻人要好很多。

毕竟,如海明威所说,每一代人各有其迷惘。

为什么总有长辈试图倚老卖老,趁年轻人还没还口时,就试图去定义下一代人呢?

哄世界久了，
自己都会信的

许多场面上的夫妻，很在意彼此的姿态。

张爱玲《鸿鸾禧》里，有位事业有成极能干的娄先生，和他不算能干的太太。娄先生举手投足都像在演戏。他回家叫用人给他放水洗澡，自己靠着沙发翻杂志，看广告里的威士忌和红玫瑰，觉得自己挺优雅，觉得清华气象与自己合一了：生活在美好的幻觉里了，棒。

他是个讲究人、体面人，于是在家喜欢用焦躁的商量口吻，逼太太就范："不要×××好不好？"要求一大堆，还觉得自己挺温和。在外面当着人，他习惯让太太三分。他的心理是：

"她平白地要把一个泼悍的名声传扬出去，也自由她；他反正已经牺牲了这许多了,索性好丈夫做到底……"

娄太太却很知道,她丈夫这姿态是做给外人看的:

"若是旁边关心的人都死绝了,左邻右舍空空地单剩下她和她丈夫,她丈夫也不会再理她了。"她自己也承认,外人看他们夫妻俩,其实是"在旁看他们做夫妻",都是演戏。

许多场面上的丈夫,做出深情恋旧之态,也是一种人设。不只欺人,还骗自己呢。

名话剧《雷雨》里,虚伪的周朴园,真诚地怀念以为已经死去的旧爱侍萍,深情到当日陈设几十年不变,还对人说,"已故"的侍萍是自己的前妻。

然而那是他的表演。如此自欺欺人,在自己心里,他就是重情重义的好丈夫、好父亲、正人君子了。自己的家庭与感情都是完美合理的,有段可供凭吊的记忆,也挺好。

等侍萍真回来了,叶公好龙的周朴园立刻紧张起来:

"你来干什么?"

"谁指使你来的?"

他真诚怀念着"死去"的侍萍,看见活侍萍,就只敢谈钱了。

明明悲剧是他一手造成,周朴园却对自己的儿子耍威风,让周萍给侍萍跪下,还严肃地教育周萍,不要忘了人伦天性。他说侍萍回来,乃是天命,还自作主张,说要寄给侍萍两万元钱。最后他对侍萍说周萍是孝顺孩子,"我对不起你的地方,他会补上的"。明明自己错了,却推诿于命运;指挥儿子下跪,大谈人伦,自觉安排得妥帖。自己的错误,儿子"背锅"。

无非是自欺欺人:哄完了全世界,连自己都哄了。

张爱玲、曹禺诸位笔下这虚情假意的场面婚姻,都出现在二十世纪,但人情世故这一块,常读常新。

为了当个好人，
连逃避这个念头都想逃避

托尔斯泰的著名小说《战争与和平》中有一个名桥段：

性格单纯的皮埃尔继承了大笔遗产，成了全俄顶尖的富翁，华西里公爵便打算将自己美丽的女儿海伦嫁给他。

皮埃尔自己早认定与海伦结婚不会幸福，但他发现，社交场上，大家都认定他和海伦早晚会在一起，而他的性格温厚，说不出使大家失望的话。

华西里公爵专门组了个饭局，在众目睽睽之下，摆出一副单等皮埃尔求婚的架势。皮埃尔也只好没话找话，跟海伦唠几句家常，却不肯求婚。其间皮埃尔起身想走，被华西里公爵一把按住。如此僵持许久，华西里公爵演了这么一出：

他容皮埃尔与海伦尴尬对坐聊了几句，自己扑进去，兴高采烈地搂着皮埃尔和海伦，说："我非常非常高兴……她会成为你的好妻子的……上帝保佑你们！"亲朋好友们也一起流泪庆祝，海伦主动亲了皮埃尔。

于是皮埃尔只好糊里糊涂地自我说服：

"现在为时已晚，一切都完了；但我是爱她的。"

于是有气无力地对海伦说：

"我爱你！"

只因为他知道在这种场合，必须这么说。不能让大家失望啊！

这种"其实不太喜欢，但必须这么说"的人物形象，钱锺书先生的《围城》里也有。

方鸿渐不太喜欢苏文纨小姐，但出于体面人的礼仪，迫于苏小姐的恩威并施，不得不常和苏家走动。当日苏文纨只等方鸿渐正式求爱了，可方鸿渐只恨自己心肠太软，没有快刀斩乱丝的勇气，不敢跟苏文纨说自己不爱她。结果便是每去一次苏家，回来就懊悔这次多去了，话又多说了——和皮埃尔之于海伦，一模一样。

方鸿渐因这个脾气，后来出了问题。

他去三闾大学时，被传与女同事孙柔嘉的绯闻，也挺身认了。事后方鸿渐与赵辛楣聊天，证实孙柔嘉确实"煞费苦心"想嫁给方鸿渐，但当时孙柔嘉聪明地以退为进说自己心慌，还劝慰方鸿渐，"刚才说的话，不当真的"。方鸿渐一时身心疲倦，没精神对付，于是认了，就此订婚。

结果皮埃尔与方鸿渐踏进婚姻之后，也都不那么幸福。
类似这样的婚姻，其他人也写过。

加西亚·马尔克斯的著名小说《一桩事先张扬的凶杀案》里，富贵公子巴亚尔多·圣罗曼要娶小户人家的姑娘安赫拉。安赫拉不想嫁，因为未婚夫根本没有向她求爱，而是用自己的魅力搞定了她的家人。终于，她被全家逼着嫁给巴亚尔多，理由是"一个以勤俭谦恭为美德的家庭，没有权利轻视命运的馈赠"。说难听点就是：你都算高攀人家了，还挑挑拣拣？
当安赫拉说两人之间缺乏感情基础时，母亲一句话顶回来："爱也是可以学来的！"

上面提到的这几位：俄国人托尔斯泰、中国人钱锺书、哥伦比亚人马尔克斯，他们写的故事也算是囊括了世界各地的男女。这相似的悲剧结果，大概洞明世事的这几位都认定：
这种并非完全自愿的感情，注定要糟——然而许多人还是走进去了。

这也不奇怪:一个深度社会化的人,会接受一个社会角色,屈从于一种社会规范,甚至产生一种自我欺骗的习惯,强制自己同意,以便符合从众目标的价值观和道德观。

在大多数保守的世界观里,走入符合亲友朋辈们认可的婚姻是皆大欢喜的好事,所以皮埃尔与方鸿渐也就稀里糊涂地做了所谓当时情况下该做的事。安赫拉试图反抗,却被家庭这个壁垒给挡回去了。

只要周围人开心就得了,你们开心与否不是主要的。

像《倚天屠龙记》里的张无忌和他的父亲张翠山,都经历过类似的问题。

张翠山一度因为与殷素素的门派之争,相爱的人无法在一起,甚为痛苦,结果谢逊将他俩人劫走,又遭遇海啸,阴差阳错之下,俩人在一起了。

小说原文道:"两人相偎相倚,心中都反而感激这场海啸。"

譬如他们的孩子张无忌,多年后被赵敏从婚礼现场抢出来时,"甚感喜乐"。

能被动地脱离自己不想要的生活,他们反而会快乐呢……

实际上，张无忌在爱情方面，就是一个普通人。张无忌初恋时看上徒有容貌的朱九真，受伤时感激关怀他的殷离，危困时欣赏与他共患难的小昭，有点出息了惦记少年旧识秀美的周芷若，成了老大就看上了敌方美女赵敏。

说白了，小时候看脸喜欢漂亮小姐姐，长大点喜欢对自己好的姑娘，再长大点喜欢乖巧听话的邻家姑娘，再长大点有点社会地位了，喜欢门当户对的看着温柔和善知书达礼的漂亮姑娘，真有地位了，就开始喜欢刺激的敌方女总裁。

这里面的心理因素，也不难猜：

当年张无忌与殷离相遇时，不过是个雪中断腿、父母双亡的大胡子，殷离喂他救他，他于是心生感激，许下婚姻之约。他感激殷离，只因那时他孤穷绝路，所缺的便是殷离给予他的关照和温情了。

张无忌对小昭怜惜，却是因为小昭骗他说自己父母双亡，与他同病相怜，其实他怜惜小昭，便是怜惜他自己。

他喜欢周芷若，只因少年旧情，加上当时周芷若是峨眉高徒，美人清贵，实在是个好姑娘。

可是等张无忌执掌明教、统率群雄时，却又喜欢上了赵敏。

大概小时候的张无忌、孤穷之时的张无忌、当了教主的张无忌，所喜欢的也是不同的姑娘。

后来"四女同舟何所望"时,张无忌做了个梦,梦见自己娶了赵敏,又娶了周芷若。殷离浮肿的相貌也变得美了,和小昭一起也都嫁了自己。在白天从来不敢转的念头,在睡梦中忽然都成为事实,只觉得四个姑娘人人都好,自己都舍不得和她们分离。醒来时惕然心惊,吓得面青唇白。

他知道,自己这个梦相当地政治不正确。反过来想想,连做梦,他都不敢面对自己内心的真实欲望。

此后张无忌每次想到要抉择,便告诫自己还有大业要完成。这就像是《书剑恩仇录》里,陈家洛也不敢面对霍青桐与香香公主一起爱上自己的事实,只好不断寻思大事业——用另一个矛盾,来应付眼前的矛盾。

事实上,张无忌是在逃避,不敢面对真实的自己。他的欲望只能在梦里实现,现实中他得做一些社会认同的事。

所以剧情上设定张无忌被赵敏抢了出来,实在是作者对张无忌的仁慈。张无忌本来也差点走进了这种"自己未必喜欢,但必须做大家认为正确的事"的悲剧,幸而被赵敏"我偏要勉强"地抢了出来。而且赵敏还给了张无忌救谢逊的借口,让他可以在逃婚时,不必背负太多罪恶感。

大概在这一刻,他不必再考虑自己是明教教主、武当门人、殷天正的外孙、峨眉派弟子的未来夫婿这乱七八糟的标签。被赵敏抢出来后,他虽然还是不敢直面,但至少可以考虑自己内心最真实的感受。

赵敏不只是救了张无忌，还给了他一个"可以为了义父暂时不结婚了"的台阶。

反过来想，又有多少人，没张无忌那么幸运，伴侣也没赵敏那么生猛，没法被抢出来，又无力抵抗周遭的压力。

哪怕知道此后命途难测，但只要还没真糟糕，就带着侥幸心理，觉得"这是我该做的事""我不能让大家失望""爱是可以学习的""就是他（她）吧""没精神对付"……

于是一路迷迷瞪瞪浑浑噩噩，做出许多并不快乐的选择呢。

普通人没张无忌这么幸运，所以要摆脱这份困境，怕就要更大胆一点：

如果身边没有赵敏，而自己又确实有自己想要的、并不符合周遭人期望的人生目标，那最好的法子，大概就是自己做自己的赵敏，把自己拽出去。哪怕千难万险，也得努力一下：

"我偏要勉强！"

要当一个符合社会规范、不让周围亲朋好友失望的好人，当然挺重要，但有一点值得想一想：

我们周围出意见的人们，大多数只负责看热闹，他们和我们的悲欢却并不相通，所以那些自己并非心甘情愿、迁就别人所做的选择，大多数结局都不快乐。

而给你提出意见的人们，甚至可能在悲剧之后，指责说是你自己的问题。

毕竟自己的人生，哪怕听了别人的意见做了决定，最后酸甜苦辣，也还是要自己品尝。

人再怎么不想让外界失望，最后与自己相处最久、为自己的悲喜负责的，也还是自己。

我们都在
为什么压抑自己

据说,黑泽明导演有这样一段经历:

他老来胆囊出了问题,医生劝诫他,莫再吃鸡蛋。黑泽明表示:老夫本来不爱吃鸡蛋,但你这么一说,我偏要吃!——越吃越香!

也还是黑泽明,据说还说过这么一段话:白天饮食补益身体,晚上饮食补益灵魂。

"不叫我干什么,我偏干什么!"

世上还就是有这种快乐:释放压抑的快乐。

日常生活中我们常见到:

"我居然起得这么早，好得意，那就奖励自己多赖会儿床吧！"

"我居然这么早做完了所有活，好得意，那就奖励自己玩一会儿吧！"

"我居然控制了一天的碳水摄入，好得意，那就来个甜品鼓励自己吧！"

细想来，有种奇妙的幽默感：结果其实是一样的嘛，但先抑后扬，却会更快乐一点。

人类真会跟自己开玩笑。

话说，世上还没有进化论时，许多学者认为人类比动物高贵处，就在于有理性，有认知。猫看见鸟就喉咙咔咔地想扑，看见小鱼干就想吃，那是出于本能。

人类虽然也有"饮食男女，人之大欲"，但看见漂亮异性、红烧肉和巧克力，纵然心里喜欢，总还会稍微矜持一点。

这一矜持一压抑，就是人类比动物厉害的地方了。

众所周知，人大脑里主司情绪行为控制的，是前额叶皮质。这玩意在人类青春期时才成熟，所以小孩子往往不善于克制自己的本能，越小的孩子，越像小动物。

相对地，人越成熟，越懂得自我克制，自我压抑。

压抑当然是不爽的。为了中和这种痛苦，人类会想出其他花招来延迟享受。

最好的缓解之法，莫过于给自己的压抑提供一个璀璨的前景，俗称幻想。

比如历来说法，辛辛苦苦地"朝为田舍郎"，是为了"暮登天子堂"，"十年寒窗无人问"也没关系，将来"一举成名天下知"。所以才有头悬梁、锥刺股。将忍耐与克己当成一种美德，也是很常见的。

电影《桂河大桥》里，从拒绝修桥，到迫于压力修建，之后却阻止炸桥的主角，图什么呢？

为了保持骄傲。

海明威让老头圣地亚哥去跟大鱼鏖战不休，最后一无所得，但收获了尊严。能把自我克制能力联想到骄傲与尊严之上，这也是人类比动物妙的所在了呀。

所以年长的人，往往更能欣赏悲剧，更有耐心些，也更能吃那些苦的东西——孩子大多爱吃甜的，面对酒、咖啡等，往往皱眉头，不知道其好在哪里；年长了，就懂了。

古来许多伟大的故事，主角都需要克服点障碍。孙猴子和唐僧不能一路坦途到西天，一定要有八十一难。贾宝玉不能直接跟林黛玉表白成婚过神仙日子，一定得彼此试探，面对家族纷扰。

从旁观者角度看,自然觉得人类真能折腾,还能从压抑中找乐趣;但反过来也能证明,在这个小小的星球上,拥挤的世界中,要活下去,每个人都忍了不知多少呢。

但我们也得明白一件事:

能吃苦=善于自我克制=相对理性,说明你是个好样的。所谓吃苦在前享受在后,一分耕耘一分收获。

但吃苦本身,不是目的,而是手段。

作为人,压抑久了,一定会反噬。再严格的健身教练,都不排斥偶尔来个欺骗餐(cheat meal)呢。

所以,一定给自己些许释放的空间,时不时给自己点慰劳。

压抑本身并不是目的,压抑短期冲动,以便获得快乐,才是生活值得过下去的所在。如果太沉迷于压抑伴生的自豪感,严格来说,简直算一种认知失调。

毕竟我们不是为了吃苦本身而吃苦嘛——苦有什么好吃的呢?

一般渲染压抑吃苦,不谈后面享受的人,可以分为两类。

其一是骗子。他们总爱念叨"天将降大任于是人也,必先苦其心志,劳其筋骨,饿其体肤",企图以此论证:你吃苦是好事。

但"苦其心志,劳其筋骨,饿其体肤",并不等于就自动获得"天将降大任"的天命。这里头有个逻辑问题。"大人物都得吃苦",不等于"吃了苦的都能成大人物"。就像不能因为司马迁挨了一刀,写出了《史记》,而得出挨了一刀的比如魏忠贤、安德海都能写出《史记》的结论。

其二是,已经吃了许多苦的前辈。因为经历苦难,他们失去了许多东西,而所获甚微。这时,人的心理防护机制,让他们倾向于从缺失中寻觅回报。他们必须说服自己:苦难是有价值的。他们其实知道苦难本身是坏的,但如果相信自己天生倒霉而毫无收益,就会让自己崩溃,所以就不停地跟后辈念叨:能吃苦是好事,吃苦本身是好事,自我压抑本身是好事……既是说服他人,也是自我说服。

然而不是的。

人,一定得想明白这件事:

自我压抑,以理性克制本能,不是为了压抑本身,而是为了将资源分配到其他地方,收获其他快乐。压抑久了,不要指望自己变得更坚韧,往往只会更变态。压抑累积的伤害和遗憾,从未真正消失,一直积累着呢。

我们希望自己能抗压、能坚韧,是希望自己能屈能伸,能扛得住压力，也能弹得很高。但如果长期以受压抑为乐，心理就会变形。

太多人大概都有类似的感觉：压力大的时候一路苦撑，压力小一点了，松一口气之余，却感觉不到快乐，不知道自己怎样才能开心了。这就是压抑太久，心理已经变形了。

想一想，你上一次心无旁骛地笑出来，是什么时候的事了。回忆并记住那种感觉，那才是我们健康活下去的源泉。

周润发有句经典台词："我失败了三年，就是要等一个机会，我要争回一口气，不是要证明我有多威风，只是要告诉人家，我失去的东西我要自己拿回来。"

失败了三年等一个机会，压抑；但那只是前期的蛰伏，不是目的。

重要的是最后要"拿回来"啊！

我认识的
那个谁谁谁

　　《麦兜故事》里，麦兜的妈妈给他讲故事，言简意赅，类似"从前，有个小朋友撒谎，有一天，他死了！""从前，有个小朋友很用功念书，长大之后发财了"。

　　这种讲故事的方式简单粗暴，但很有效。实际上，大多数心灵鸡汤都是这个格式。空口白话说道理不易，大家现在讲究实证主义，讲究眼见为实，所以你需要说出时间、地点、人物、事情来。

　　太史公写《史记》，常有类似转折，写纣王，就是"矜人臣以能，高天下以声"，才华了得，然后笔锋一转，纣王成昏君啦！《史记》中还有许多类似的例子，比如，写刘邦少年时无赖，做过亭长，算个基层小吏，但人品口碑，都不怎么地；写陈平因为没正经行当，被嫂嫂嫌弃；写韩信年少时受胯下之辱，这都和他们后来的壮丽人生相呼应。这种转折对比的叙事方式延续到了现在，成了经典，比如，在饭桌上，常能听朋友吹嘘：

"啊呀呀，我上高中时，班里成绩最好的人，因为特别迂腐，只会死读书，每天被人嘲笑是书呆子，现在无妻无子，无房无车，没工作，捡垃圾；班里成绩最差的人，因为头脑灵光，现在事业有成，房车齐全，工作清闲，财源广进！"

当然，这种故事，可能还有另一种讲法，是这样的：

"啊，我高中班级里成绩最好的人，因为优秀已成习惯，所以现在跻身精英阶层，一路飞黄腾达；而我高中班级里成绩最差的人，因为习惯堕落，现在没有工作，在家惨淡待业，每天闷闷地打盗版游戏……"

稍微懂点逻辑的人，自然会对这类叙述持怀疑态度，因为人的际遇，太复杂多样了，各人的命运，是由许多小细节决定的，而高中学习成绩在其中所起作用的比例，也有高有低，大多数时候是不值一提的。但这类例子的存在很有趣，因为大体上，这些和"别人家的孩子"属于同一类。

众所周知，每逢过年过节团聚时，"别人家的孩子"便屡被提起，最是父母心头的完美范本。在一般传说里，他们生而能言，还是美人坯子，三岁识千字，五岁背唐诗，七岁熟读四书五经，八岁书法、钢琴一手抓，九岁会英语。初中拿遍各种奖，还绝不早恋；高中跨国扬声名，且门门功课考第一；大学不是国际名校破格招录，就是清华北大上门求贤。各类干部都当遍，硕士博士连读，还顺便创了业。熟习三五门语言，攒下七八辆车；美女背后成行，恋爱无师自通；早早买定了房子，生了孩子，预产期没到，孩子将来去哥伦比亚大学留学的钱已经备好。总之，三十岁之前，他已经把常人八十岁没忙完的事整备周全，剩下的就是陶冶情操，把人生贴成广告，在过年过节时风度翩翩，往来低调炫耀，以便做全世界的镜子：

喀！看看别人！再看看你！

而其实这些，用麦兜妈妈的叙述法说，也只是从前别人家有个孩子，他很上进，于是发财了。

问题在于：能不能换一种逻辑呢？

世上绝大多数的故事，其实没有那么泾渭分明；一个班级里、一个朋友圈里、一个幼儿园里，跳出一个天上一个地下的人物，概率并不大。大多数普通人的经历不足为奇，不值得拿出来，单独作为励志童话或心灵鸡汤讲述。

可是历来讲故事的人，总爱通过一个人外在的标签表象，比如，少年时顽皮无赖，成年后成就功业，如此种种，来判断一个人的境况。但其实各人的状态，并不能单靠是否发财、是否升职、是否娶了娇妻这类外在标签，来做全面统摄。

然而这个时代，每个人都在随时打量别人，通过衣物、娱乐方式、住宅、言谈、口音甚至手机客户端，判断对方的生存状态，然后通过这些标签，自动虚构幻想其整个人生。如果他们还对你略有了解，就会下意识地寻找你和他们世界观的共同点。你如果恰好合适，就会有幸成为他们眼中的"我认识的那个谁谁谁"，然后被拿来当教材，证明一段成功的人生应该满足哪些条件；而如果你不合适，那很遗憾，你依然会被提及，但是会被说成"这种人也能混得好，这世道不知道怎么了……"。

一切社交网络，其实都在尽量满足这一点：提供标签，让你随时了解各色标签，然后在这样一个时代，继续乐此不疲地求同不存异，然后举出一个又一个虚构成分颇大的，不具有普遍性的，个体的"我认识的那个谁"，来证明一种虚幻的、标签般的、广告般的价值观。

于是太多人都在门面上，为了成为他人口中"我认识的那个谁谁谁"，努力维持着广告牌般的生活，仿佛一切光洁如新、体面靓丽。

然后回到自己的私人生活里，关上门，继续辛苦内耗。

找点借口
吃点肉，人才能活下去

✦

人类历史上绝大多数时候，所食用的肉类都如此珍贵，普通人也没有挑选的余地：延续至今的绝大多数民族，那都是但有便吃，一路吃下来的。

古代人吃口肉，是真的不容易。

中国上古有八珍，什么淳熬淳母，其实有点类似于现代腌肉酱盖浇饭、腌肉酱搭黄米饭；什么炮豚炮牂，其实类似于用做叫花鸡的方式处理猪肉羊肉，再油煎鼎烧；捣珍则是牛羊鹿獐一起煮——这玩意，荷兰人十七世纪时也吃，各色肉堆放在一个罐里，加入胡椒、啤酒和盐一起咕嘟咕嘟。

因为那会儿肉少啊。"七十者可以食肉矣"也只是理论上的。孟子说到吃肉，指的是"鸡豚狗彘"；勾践鼓励越国人生孩子，奖励其狗和猪。樊哙是狗屠，说明秦汉时吃狗肉的人不少，不是当时的人不爱狗，刘备还爱"狗马、音乐、美衣服"呢，但富含蛋白质的肉太少了，逮什么吃什么吧。

而且也不能放开吃，《礼记·王制》中有所谓"诸侯无故不杀牛，大夫无故不杀羊，士无故不杀犬豕，庶人无故不食珍"之说——吃肉还得找借口，太不容易了。

宋朝有个叫韩宗儒的人，总与苏轼书信往来。后来黄庭坚告诉苏轼韩宗儒爱吃肉，他得知名将姚麟很喜欢收藏苏轼的字，于是每次韩宗儒想吃肉时，就会与苏轼写信聊天，收到苏轼的回信，就拿去找姚麟换羊肉。苏轼听了大笑，但也没当回事。

有一天，苏轼在官署忙得不可开交，偏韩宗儒一天写了几封信，希望得到苏轼的回信，大概又馋羊肉了。苏轼对来使笑着说了句话："传语本官，今日断屠。"意即回去跟主人说，今天不杀生。

这其实算是苏轼给他台阶下了，没直接说"别指望拿我的书信去换羊肉了"，只轻轻一句"断屠"，也就罢了。

另一个吃羊肉的故事：武则天曾规定，不许私自宰动物。她任用的宰相娄师德下去巡查，宴席间，有人端上来一盆羊肉。下面的小吏跟娄师德解释：羊不是我们杀的，是被狼咬死的。既没杀羊，便不算犯禁。

接着又端上来一盆鱼，小吏又解释：这鱼也是被狼咬死的。

娄师德是个修养极高的人，"唾面自干"这成语就是源自他。他曾推荐狄仁杰，却毫不居功。这么个沉得住气的人，看下面这么忽悠，也忍不住了，心想：真是骗人都不会骗！你好歹说这鱼是被水獭咬死的呀！

大概娄师德在意的，也不是吃不吃羊吃不吃鱼，而是小吏实在不懂编词。本来你说狼咬死了羊，大家都还能假装不知道混过去，你都说出狼咬死鱼了，属于装都不装了！这台阶如何下得去！

大概这就是古代社交的琐碎之处：因为隔着一层，韩宗儒赤裸裸地问苏轼索要回信换羊肉，就显得没那么离谱；因为隔着一层，娄师德吃羊肉也不算犯禁。

当然许多时候，人会主动找台阶下。

还是吃肉的事，萧红《呼兰河传》里有个细节：当地泥坑里淹死过猪，于是猪的主人便将猪肉便宜卖了。此后但凡有猪肉便宜卖，大家便自我安慰：这猪一定是掉泥坑里淹死的。也许便宜的猪肉是瘟猪肉？不不，瘟猪肉怎么可以吃得，那么这猪还是掉泥坑里淹死的吧！

有孩子心直口快童言无忌，说这就是瘟猪肉，结果被妈妈打了！

所以萧红说这泥坑极有福利：若没这泥坑，大家怎么能心安理得地吃瘟猪肉呢？有这泥坑就好办了，可以让瘟猪变淹猪，大家也心安理得嘛！

萧红故乡里吃瘟猪肉却认定这猪是掉泥坑里淹死的，小吏说羊和鱼都是狼咬死的，都是台阶，让大家都可以找台阶下，让人可以心安理得，不用直接面对残忍的现实。大概现实生活中许多事过于直白，让人无法直面，所以大家宁可相信猪是掉泥坑里淹死的，相信羊和鱼是狼咬死的，人才能哄哄自己，继续找借口吃肉，好好活下去。

留到最后再吃

您会只吃馅儿,不吃皮吗?

《我爱我家》里,傅明老人曾念叨他的初恋,乃是书香门第大家闺秀:"在学校那会儿吃饺子的时候,人家是光吃肚儿不吃皮!"这话立刻招来了非议:"这就叫大家闺秀啊?撑死了就是一土财主!"

无独有偶,巴尔扎克《欧也妮·葛朗台》里,吝啬鬼葛朗台老爹吩咐女佣拿侬不用特意给他的纨绔侄子夏尔准备面包:

"这些巴黎的年轻人,你瞧吧,根本不吃面包。"

淳朴的拿侬问道:"难道他们只吃抹料?"

抹料在法国安茹地区,指的是各种面包上的搭配,从黄油到果酱，无所不包。巴尔扎克补了句，"所有儿时只把抹料舔光留下面包不吃的人都明白上面那句话的意义"。

这也是法语版的"光吃肚儿不吃皮"！

当然，这又不限于面包和饺子，大概类似于大排面只吃大排不吃面，小笼包只嗦汤汁不吃皮。奢侈之人自有奢侈的吃法。

然而富贵随时流逝，这份奢侈做派也未必能得始终。

清朝有个笑话：八旗子弟还有铁杆庄稼时，大手大脚，比如有位提笼架鸟的，刚从内务府领了银子，去点心铺买个酥皮点心，呼一口气把酥皮吹掉，只吃个馅儿，昂首阔步大摇大摆走了。后来穷了，终于攒了几文钱，可以买个酥皮点心，出门前都小心翼翼弓背曲腰，深恐风把酥皮吹跑了。

像我这样从小懂得珍惜东西的人，容易走另一个极端：奢靡的人，可以只吃馅儿不吃皮；我以及许多我认识的人却会先吃皮，最后吃馅儿。

譬如，吃焖肉面。我在无锡、苏州、上海见着许多老前辈，都一个吃法，我也有样学样：焖肉扣在碗底，先吃面嗦汤；吃完了面，再慢慢啃那焖肉。

前辈们各有各的讲究：有的说焖肉在汤里焖久了才入味，好吃；有的说焖肉在汤里能散发香味，先吃了肉，面汤就没有肉的厚味了，不成；也有的直截了当："最好的，都得留在最后吃！"

有朋友建议我吃饭不妨考虑先吃蔬菜，再吃富含蛋白质的食物，最后吃富含碳水的食物。我跟长辈聊这个，他们也心领神会："吃菜，吃肉，最后吃点面溜溜缝，没错！"

但每逢吃到好的呢，总还是忍不住把最好吃的——主要是肉——单独留到最后吃。我见过吃梅菜扣肉饭的，喜欢把扣肉留到最后吃；吃牛腩粉的，喜欢把牛腩留到最后吃；吃全鸡汤的，把鸡腿留到最后吃。

希腊基克拉泽斯群岛上，许多饭店都会制作旋转烤肉。淡季时，老板们大多比较闲，有时间慢悠悠地聊天。我认识的一位老板，一边听着"Summer Time"（《夏日时光》），一边念叨"德国人和土耳其人那就不叫旋转烤肉"，一边把片好的肉、羊肉丸、口袋面包、酸奶酱、腌洋葱、葡萄酒醋、炸茄子给我递过来，说"吃吧"。然后坐在一边晃着穿拖鞋的脚，偶尔看看我，看我吃口袋面包裹洋葱和炸茄子，偶尔吃一口烤肉，吃一口肉丸，他挠挠头，欲言又止地跟我比画：

"烤肉、肉丸、酸奶酱、洋葱、炸茄子、薯条，都裹在面包里，一口下去，才叫爽呢！"

我说："确实爽，但可能吃习惯了吧，总想把肉留到最后吃。"然后就把本篇上面这段，跟他描述了一遍。

老板听得眨巴了一会儿眼,摇摇头又点点头,说他理解,说他小时候也这样,说他爸爸妈妈过节时吃这吃那,就是留一大截羊腿不动,家里的孩子也都看着。等全家什么都吃过了,孩子们眼看着爸妈从羊腿上面慢慢地、均匀地片下肉来,给孩子们一片片分到碟子里。他这才觉得像是过节了。

只从口感角度来讲,吃焖肉面时,一口肉一口面一口汤最好吃;吃牛腩粉时,一口牛腩一口粉更能得膏腴与爽滑之妙;连着吃炸鸡,肯定不如一口炸鸡一口腌菜、沙拉和薯条来得"节奏分明";口袋面包夹着烤肉、肉丸、洋葱、炸茄子、酸奶酱,一口下去,肯定胜过先吃素的,再吃肉的:毕竟那是厨师们研究的最美味的配比,拆开了就没那么诱人了。但许多人还是会情不自禁地把似乎最好吃的留到最后,单独地、私密地、慢慢地吃。

大概因为每个人或多或少都有过食物匮乏的记忆,都有过吃完之后的空虚,所以,知道最后还有更好吃的,之前吃不那么诱人的食物,都会觉得好吃一点,就像每个没有安全感的人会时不时看看存款数字,每个小时候吃不到甜食的人长大后会不自觉地囤积巧克力。

到终于吃上等待已久的压箱底食物时——馅儿也好,焖肉也好,牛腩也好——口味也许已经不是关键了:此前漫长的等待和忍耐，终于得到了一点释放。

于是，吃得真香——好吃不好吃，是味觉；香不香，是心理作用。

2010年，上海冬夜，我在一家快餐店，看隔壁桌刚下工的一位，先慢慢地吃完了薯条，到最后，桌上只剩下三块炸鸡。我看着他缓慢地、斯文地、细致地、虔诚地、一小口一小口地咬上炸鸡，撕下来一小片，用手轻轻在嘴角护着，接住炸鸡酥皮的碎片，将其放进嘴里；他慢慢咀嚼炸鸡，动作如此明晰，我几乎听得见他咬碎炸鸡每一片酥皮棱角的声音，看着他认真地把每一口嚼透的肉缓慢地咽下去，喉结滚动，然后慢慢喝一口可乐，继续端详一会儿炸鸡，眼睛微微眯一下，嘴角微微上扬，继续吃下一口。

我想：真香。

曾经努力过的悲剧

《了不起的盖茨比》结尾处，盖茨比已经死去，主角去见了盖茨比的父亲。于是，主角看到了盖茨比少年时，曾经拿来自我激励的日程表：规定自己几点起床，几点工作，几点学习，鼓励自己要赚钱，要对父母好，力求上进……

这个情节安排在这里，尤其夺人心魄。

许多叙事作品会安排人死掉，但得有讲究。金庸小说里，郭啸天可以死，但得留下郭靖。洪七公、欧阳锋可以死，但也差不多活到了寿终正寝。叶二娘和玄慈都可以死，但得留下虚竹。张翠山和殷素素可以相继死去，但留下了张无忌。

因为，读者读着，总怀着个念头：有指望。

《冰与火之歌》里，艾德·史塔克可以死，血色婚礼可以发生，但得留下布兰、珊莎、艾莉亚和雪诺。

《龙珠》里，悟空可以和沙鲁同归于尽，但得留下悟饭。《航海王》里，白胡子甚至艾斯都可以死，但得留下路飞。

可以有牺牲，但应当有未来。这才让人觉得有盼头、有指望。

像《基督山伯爵》主角的父亲逝世了，但主角自己还活着；反派维勒福却是反过来：自己还活着，儿子没了。这就是主角与反派的待遇区别：有没有未来，有没有其他的可能。

像《狮子王》里，老王木法沙殒落了，但年轻的辛巴活了下来，而且将卷土重来。

人得有念想，年轻就是希望，不能写死。所以许多角色在剧情里被描述死时，偶尔也会上点煽情桥段，包括但不限于"干完这一票我就回老家""这是我最后一次出任务了，希望顺利吧"，然后……但这样写最多让人感叹"如果当初"，却还不至于失去希望。

真把年轻人写死，就捏死了希望。

然而，比把年轻人写死更残忍的，就是这样了：清清楚楚地告诉你，在逝去之前，年轻人曾经多么热爱生命，多么满怀希望。将一个人热爱生命满怀希望写在故事的开头，大家会觉得顺理成章：起伏，跌宕，但大体一路向上。按照时间顺序经历生命的希望与无常，大家都还觉得可以体谅。

但在一个人逝世后，回头看这一段，告诉你一个逝者曾如何满怀希望地努力，这尤其让人感伤。人都容易由外界例子投射到自己。无论自己好不好，总会多少盼着看到一些基本的正面例子：都希望付出终得回报，所以想看天道酬勤；接受一代新人换旧人，所以伤于白发人送黑发人。

如果一个人悲观厌世，那他之后逝世也会让人觉得不那么难以接受，毕竟求仁得仁。如果一个人乐观努力，那他理应成功，这会让人觉得多一分指望，觉得世界总是在朝好的方向发展。

所以《了不起的盖茨比》结尾处，在盖茨比之死已经尘埃落定时，告诉你他曾经如此努力上进过。通常心想事成的故事里，这样的人理应获得不错的结局，这才符合大多数人的预期；但我们已知悲剧结局，回头看那些努力过的热情与痴迷，往深了说，这其实也是在泯灭我们的指望——年轻人拥有未来，努力上进的年轻人理应拥有更好的未来，这是每个普通人朴素的指望。

而这个指望被摧毁后，剧情告诉你，他们曾经那么努力过，我们于是明白，那份热忱最后得不到我们所期望的回应，注定会被命运推向空幻。这才尤其让人难过。

　　说到底，人怕的不是苦，而是无边无际、没有指望的苦。

成名的早与晚

张爱玲有句著名的话:"出名要趁早。"而村上春树则说过类似于"成名早也不好"这样的话。当然咯,村上春树到快三十岁才写完第一本小说,张爱玲则在三十岁时,已经写完了她大部分的著名小说。大概,他们二人都由自身经验出发吧?不过细论的话,也不矛盾。

张爱玲那句话,出自《传奇》再版的序言,前后文里说,她没出书时想:"出名要趁早呀!来得太晚的话,快乐也不那么痛快",到出书后,"已经没那么容易兴奋了"。那时她身处二十世纪四十年代,对未来没安全感。"快,快,迟了来不及了,来不及了!"毕竟她著名的《倾城之恋》里,最圆满的故事,也不过是倾覆的都市,成全了两个人离乱中的感情。

村上春树认为成名早不好,理由也很简单:人若年少成名,之后的人生难免全是走下坡路。话说,吃青春饭的行业(歌星、球星、影星)早早达到人生巅峰,然后慢慢湮没于人群中,偶尔还有相当不快乐的经历。

《我爱我家》里,贾志国有过感叹:"人生的路啊,为什么越走越窄?"

我却有一点别样想法:人上了点年纪,如果可以只为自己活,理论上是可以更自如的。年轻时除了血气与天真,有的只是"未来一切皆有可能"的幻想。年纪长了点,经济比年少时宽裕,也没年少时容易被乱七八糟的东西诱惑,相对可以专注自己的喜好。如果身体保持得好,那时才是真正的巅峰期,乐趣也最多。

但太多人并不如此,多是因为人际关系的牵扯:家庭、人脉、"典型的社会人应该怎么生活"的无形条框。

毕竟许多人所处的氛围,并不鼓励只为自己活,还得在网络里扮演种种角色。于是本来可以很宽广的可能性,慢慢规范成了日复一日的演出,"今天我也要扮演好一个社会人"。

人往往是这么磨老了的。

知道根由之后,意识到"成名(巅峰)要趁早"与"晚成名(巅峰)也挺好"这两种态度,不算矛盾,甚至不妨合二为一。

可以按张爱玲的逻辑处世:把握时光,及时行乐,趁着来得及，让自己快乐。

也可以按村上春树的逻辑处世：如果人生巅峰期没身边人来得早，不妨安慰自己"快乐来得晚一点，下坡路也会来得比较晚嘛"。

保护好身体，简化一点社会角色，稍微专注于自己，大概就相对容易等到属于自己的快乐。

书读不下去怎么办？

"名著读不下去怎么办？找不到自己喜欢的书怎么办？"大概许多人都有类似的困惑。

那不妨稍微轻松点，先接受这个事实：读不下去，那就读不下去呗……

《堂吉诃德》牛不牛？大诗人柯勒律治认为这本书只通读一遍就够了，若要再读，随便翻翻就行了。

太宰治算日本作家里挺有名的吧？三岛由纪夫特别不喜欢他。

毛姆自称狂热崇拜普鲁斯特，但他读过三遍《追忆似水年华》后承认，这本书并非每个部分都很有价值。

托尔斯泰年轻时挺喜欢莎士比亚的，年长后时不常把莎士比亚批判一番。

哪怕是所谓名著，也是讲眼缘的。大师们讨厌彼此写的名著，觉得味同嚼蜡的例子，实在不胜枚举，彼此骂起来难听的比比皆是。

作为读者，挑自己有眼缘的就是了：不喜欢就是不喜欢，无所谓的。

赫伯特·乔治·威尔斯先生有个观点：小说应该含有当代社会的逻辑。当时也不是人人都认同这个观点，有人非议过，于是威尔斯又补了句，他认为每个作者，都或多或少地写到了当代，写到了自己。

毛姆更进一步，他认为每个小说家所写的都是个性的流露与内心的体现，小说家终究是自己个人特质与癖好的奴隶。博尔赫斯说得更直白：每个小说家其实都在写自传。

热情的小说家，难免都有极强的表达欲，难免不满足于讲故事，还要宣扬点自己的理念。

雨果的《悲惨世界》就是这样，让福楼拜觉得读着累；托尔斯泰《战争与和平》故事讲得极精彩，但结尾那大段评述，就有评论家认为是白璧微瑕。

像《基督山伯爵》是故事非常精彩的小说，连载时被认为是通俗文学，不够宏伟高雅，但马尔克斯却认为从纯粹结构角度讲，这是个完美小说。这就是界面比较友好，读起来比较顺。

毛姆认为，小说不该成为布道场所或课堂。他身体力行。他写故事写得好，没掺杂太多的理念，所以喜欢读的人觉得他的故事真好看。但毛姆给自己的定位是二流小说家的前列，即他不去当那种野心勃勃、喜欢宏大叙事的一流小说家。

大概那些气派格局极大又富有时代特色的小说，更挑读者；那些相对克制、只求讲好一个故事，却不太灌输思想的小说家，会相对不那么挑读者吧？

读书如读人。

没有书能人人都喜欢，就像没有人真能招得人人爱。所以，挑自己喜欢的就是了。

读者对作品的喜好也跟他的年龄和阅历有关。

我记得朱学勤先生说他曾经喜欢鲁迅先生，后来没那么喜欢了，等经历过一些事后，才重新读懂了鲁迅先生。许多人都是这样，有了点阅历，消除了成见，才会觉出书中的美妙之处。

好的书如合适的人，在合适的时间、地点遇到，会觉出好来。所以找合自己此时眼缘的书读吧。至于是不是名著，是不是非得读得下去才显得自己牛，根本不重要。

世上没什么非读不可的书。读书前，一定别让自己产生"我要读书啦，这是件很严肃的事"的念头，这是前提。读自己喜欢的书就好。

漫画？小说？网文？连环画？只要是能读的，先读。

至于如何找自己喜欢的书，我有个法子：按图索骥，读自己喜欢的作者所喜欢的东西，或者读与自己所读的书有关涉的东西。

喜欢读王小波的书？那王小波喜欢奥威尔、昆德拉、卡尔维诺、杜拉斯、马尔库塞——不妨将他们的作品都一一读过去。然后昆德拉又喜欢《好兵帅克》和《没有个性的人》，杜拉斯又很欣赏福楼拜，这不找到了吗？

喜欢读汪曾祺的书？那汪曾祺的师父是沈从文，他自己又很喜欢林斤澜、老舍和赵树理，那就不妨一路读过去。

喜欢读加西亚·马尔克斯的书？那马尔克斯认的师父有福克纳、海明威和胡安·鲁尔福，海明威又喜欢托尔斯泰和舍伍德·安德森，这不就一路找到了吗？

喜欢读村上春树的书？那村上春树喜欢雷蒙德·钱德勒

和雷蒙德·卡佛，还喜欢菲茨杰拉德和厄普代克，这就翻不完了。

喜欢金庸？那金庸很喜欢大仲马，那不得追着读！

喜欢莫言？莫言喜欢马尔克斯和君特·格拉斯，这不得追着读！

喜欢古龙？古龙特别喜欢柴田炼三郎和毛姆，那不得看看！

喜欢毛姆？那毛姆认为狄更斯、托尔斯泰、陀神（陀思妥耶夫斯基）和巴尔扎克是最好的小说家，那不得按着读下去。

喜欢余华？余华对霍桑、川端康成、卡夫卡、马尔克斯都很喜爱，不妨去试试他们的作品合不合眼缘。

有人说他只爱看漫画。也行啊。比如爱看井上雄彦的《灌篮高手》，那就顺便也看看井上雄彦的《浪客行》吧。哦，《浪客行》是按照吉川英治《宫本武藏》改编的啊？那就顺便看看吉川英治的作品。比如爱看《历史之眼》，那不得顺便看看彼得·格林的《马其顿的亚历山大》。

总而言之，不停地寻找感兴趣的就行了。

喜欢一个作者，那就相信他的品位，按照他的推荐接着去找。合眼缘就看，不合眼缘就散。别背着"我非得读书不可"这个心理负担。

读书是为了快乐，不要为读而读。就先找到喜欢的作者，信任他,然后不停地读与找,便会自然而然地找到自己喜欢的书。等享受了读书的快乐之后,一切都会水到渠成。前提是,别让自己觉得读书这件事是苦差。

乐趣是最好的动力,别的都是噱头。

绝大多数人的性格
都是一个套餐，
没法单点

第四部分

后悔与补偿

我们的传统观念中,谈恋爱好像是有年龄限制的:小时候不让谈恋爱,"不要早恋!要专注学习";到年纪了,"赶紧结婚!长辈可以给你们带孩子";年长了谈恋爱,"老不正经"。好像只许在不忙于学业之后,构建家庭之前,谈那么一下子恋爱。

我有位远房长辈,他起先忙于工作,忽略了家庭,结果离婚了。离了之后,这位叔叔找了位和自己年龄相仿的女士。这位女士曾嫁过一个东南亚商人,因感情不和,分了,把孩子留给了对方。于是两人谈起来,很热乎,仿佛年少情侣。家族里说起这桩事来，也是当八卦谈论。大概论调无非是有年纪的人谈恋爱，如老房子着火，没救。由他去吧。

倒是有两段话，说八卦的时候会反复出现。

"年轻时没玩够，现在可以好好谈了。"

"别说，他现在的这个，跟他头一个女朋友还挺像的。"

蔡加尼克效应：相对于已完成的工作，人更在意未完成的、被打断的工作。

相比于自己所做的，人往往更容易后悔自己没做的事。

未遂的痛感是很强烈的。所以NBA球队波士顿凯尔特人曾在训练房里挂着鼓励球员的标语：

"哪个更疼，痛加努力还是遗憾悔恨？"

想到不要留遗憾，人就会更拼了。反过来说明，遗憾很疼。

长辈会轻描淡写地说一句"小时候没玩够"，其实真是小看了遗憾与悔恨。

小时候想要的玩具，家长不肯给买，孩子只能直勾勾看着，然后被家长拽走。这经历，许多孩子都有吧！

家长很容易不把孩子的情感当回事，觉得孩子的遗憾不是遗憾——可惜，孩子的遗憾往往最深。成年人懂得自我开解，孩子还不太会。

初愿未偿、初恋未遂，都会导致留着根。

人会念念不忘，或假装忘记，但遗憾却在暗中戳你。

假装忘记更可怕。因为念念不忘，不过是试图追回往日期待。小时候没玩到的洋娃娃和游戏机，长大后买到了，虽无法完全弥补儿时的遗憾，也算了了心愿。遗憾暗中转化了，就很难预料了。

勒泽（Roese）和萨默维尔（Summerville）在2005年的一篇论文里认为，悔恨的痛苦，会一直持续到你采取纠正措施。大概你错过了一盘回锅肉，那在你再吃一盘回锅肉之前，是不会满意的。

而拜克（Beike）、马尔克曼（Markman）和卡拉多甘（Karadogan）在2009年的一篇论文里则说：悔恨的痛感，在你无力补偿时，才会愈发强烈。

有些时候，当确实无力补偿时，人便会转嫁这种悔恨：找个跟初恋容貌类似的恋人之类。

伍子胥为报仇，掘楚平王墓，鞭尸三百。被人劝解时，伍子胥说得很直白：吾日暮途远，吾故倒行而逆施之。

机会不多了，所以什么都不管了。

上年纪的人像小孩，做些在后辈看来不可思议的事。压抑久了，机会不多了，得用其他法子来释放了。

诗人会写，"只要想起一生中后悔的事，梅花便落满了南山"。可是，真正的后悔是，纵使花落南山后埋入土里，但在天寒岁凋彻底绝望之前，总会想法子重新蹿出来。

大贤人都在跟我们说，珍惜日常，平安是福，不如惜取眼前人。但许多人放不下，只有经历过的人，才真有资格说放下。没经历过的人，总觉得哪里是不对的。大多数东西，人们经历过之后，往往会觉得不如想象中美好，但那也总得经历。胜利后，人都会有点空虚，觉得自己不如想象中快乐，但总比失败和遗憾要好得多。

所以，少年时，想尝试什么，别压抑自己，去试试吧！哪怕试了之后无聊，至少别留遗憾。遗憾与后悔，从来不会死去，只会换一种方式，将来以另一种方式生长。

一切违背天性的禁锢扭曲，最后都会带来反噬，若没被反噬，就会扭曲此后的一生。许多后来看似不合常规的举动，都可以归结为：

"以前，真的没玩够。"

让步与底线

不停让步的人，会更幸福吗？

美国心理学家莱斯·巴巴内尔有过如下说法：

善良的人害怕敌意，于是用不拒绝来获得他人的认可。在他们的想象中，面对他人的恶意甚至找碴，只要隐忍就能让对方满意了。大部分过于友善的女性一辈子都会被痛苦、空虚、罪恶感、羞耻感、愤怒和焦虑折磨。

巴巴内尔给这种病态取名为"取悦病"。

大概可以说：友善是好的，但过于友善，却不太对。

有些人生怕遭到拒绝，生怕自己得不到认可，这种人很敏感，很容易被人影响。这种人对他人有求必应，他们不懂拒绝，哪怕伤害自己的利益。自己从不主动去做任何越界或"可能"越界的事。

先得对这种人下个定义："过于友善"的人，是指那些比普通的友善更周到、更低调，对外部世界的评价更敏感、更胆怯，更不愿意表达自我观点，为他人牺牲自我的底线更低，对他人的照顾超越一般义务的人。

哲学家克尔凯郭尔的朋友说过，他"会被一句玩笑话摧毁"。卡夫卡则说过，"一切障碍都能摧毁我"。

克尔凯郭尔是超虔诚的基督徒。他受到的宗教压力很大。卡夫卡则受到了父权方面的压力。大体来说，这类"过于友善"的人，在精神上受到一个社会性的压力，而逐渐在自我与外界的选择判断上产生变化。当"我的价值"和"社会/他人/集体/外界的价值"出现矛盾时，他们很容易倾向于后者。

本来利他是种美德，在世上生活，参与社会大合作，"利他"可以在劳作生产、商务买卖还有公共服务等方面为大家创造更好的环境，这都是好事。

但高度社会化后，和善的人很容易觉得只有满足了公共利益，利他至上，才能够有好的物质生活，获得他人的承认才是人生的价值所在。

一个人把"自我价值"压到最低，把"他人价值/公共观点"抬到最高之后，就会因为不愿意违逆他人，被迫无限制放低自我底线，于是就显得没有底线、过于友善，容易因为别人的一句话就惶惶不安，甚至会被迫假装友善，容忍他人的恶意甚至找碴。

过于友善的人很容易进入死胡同，很难解脱出来。因为他们没机会去理性思考"我的自我价值认定是否过低了"，因为这么做本身就违背了他们将公共利益看得高于自我价值的设定。于是友善的人容易作茧自缚，只能变得越来越低调，一再降低自己的底线。

可是啊……

对大多数外在恶意而言，你所做的让步与牺牲，并无法让试图找碴的人感到满意或歉疚，因为并非每个人都具有同理心。

有同理心的人，最初就不会来找碴；会对外咄咄逼人的人，更类似于见血的鲨鱼，谋求的是进一步伤害。你让步了，也只会招来变本加厉与得寸进尺的找碴。

再者，许多所谓施以善意的人，其实并不了解你。

那些酷爱积极干涉他人的人，其实他们的心态是这样的：并没在乎对象需要什么，只在乎自己想象中对象需要什么。他们只是把你想象成某个形态，然后便将自己想要做的事强加于你。许多好心办坏事的人，许多"我是为你好啊"的父母，其实都是这样，一边用干涉他人满足自己想象出来的需求（而非当事人实际的需求），一边念叨"我都是为了你好"。

所以，时不时想想，人愿意展示善良，归根结底是为了融入某个社交体系，与他人有更持久的合作。从长远来看，是为了做自己想做的事。时时想明白自己要的是什么，自己的让步是能获得自己想要的，还是会徒劳无功地给自己带来伤害。想一想周遭那些逼自己让步的所谓善意，有多少是真正了解你需求给出的善意。

如果害怕拒绝，许多时候可以选择沉默。沉默是检验善意最好的手段。

真了解你的人，会在你沉默时懂得让步；而看见你沉默，依然喋喋不休逼迫你的人，其实骨子里很容易蕴含着恶意的操纵欲。

哭声与笑声

哭本来该是悲哀的。

但哭出来也不一定是坏事。

美国明尼苏达大学的威廉·弗雷有个调查，说长期不流泪者，患病概率比易流泪者高得多。一些平时强忍悲痛遏止眼泪流出的人，往往容易患胃溃疡、精神分裂症等疾病。

大概，能偶尔哭出来宣泄一下，算是对心理与生理的保护。

当然，哭过度了，睫状肌收缩频繁，容易造成视力模糊；人为了擦眼泪，用力过度，可能让角膜感染。但人一直压抑着不哭，却容易导致精神创伤、忧虑和绝望。

而造作的哭和压抑的不哭，都让人不舒服。

《天龙八部》里有极残忍的一幕：辽国皇太叔闹事，把辽帝耶律洪基的后妃押到阵前。数十名军士拔出长刀，架在众后妃颈中。年轻的嫔妃登时惊惶哭喊。耶律洪基大怒，喝道："将哭喊的女子都射死了！"只听得嗖嗖声响，十余支羽箭射了出去，哭叫呼喊的妃子纷纷中箭而死。

其实嫔妃们做错了什么？无非是她们被擒，哭了之后，会影响耶律洪基的士气，就被射杀了。许多人还念叨"男儿有泪不轻弹"呢，却很容易忽略后面那句"只是未到伤心处"。哭不是原因，而是结果，是情绪积累到那块了，此时并不是让人不哭，事情就能自然解决的。

当然，哭也有强制的，有表演的。

《水浒传》有个经典的段落。施耐庵在潘金莲让大郎喝完了药，毒死了大郎之后写道："有三样哭：有泪有声谓之哭；有泪无声谓之泣；无泪有声谓之号。"

于是潘金莲就干号了一会儿。

怎么说呢，这样做就是为了要个气氛。

还有人专门从事哭丧行业。古埃及有段时间还挺歧视这个行业的，哭丧行业只许招女的。

《史记》里还有一段呢，窦太后终于和兄弟重逢了，抱住兄弟哭，原文就说"侍御左右皆伏地泣，助皇后悲哀"。这个"助"字，就很点睛。

耶律洪基射杀妃嫔，是怕哭声坏了士气。

潘金莲干号，那是为了谋杀武大郎后演戏摆脱嫌疑，好去跟西门庆。

窦太后左右跟窦太后一起哭，是为了讨好窦太后。

哭和不许哭，还是很有讲究的，很体现利益的。

笑声也是。

意大利那位什么都懂点的大学者翁贝托·艾柯说过一段话，大概意思是：乐观的人才敢每天严肃，悲观的人只能每天大笑度日。细想来，确实有点意思。

就我们的日常经验而言，大多数人阅读得了艰深严肃的文本时，多半心情不错，体能充沛。相反，精疲力竭、精神萎靡之际，就只想看点俗套、无脑又熟悉的虚构作品了。最好能让人哈哈大笑，笑过之后，将那些萦绕不去的悲观情绪暂时甩开，能姑且睡个好觉。

美剧《老友记》里，经典角色钱德勒·宾即是如此。因为童年阴影，他性格内向，长期靠嘲讽说笑话来自我防卫。每次遇到不顺，他就靠讲笑话来避免争执。他不敢主动跟女友提出分手，没法强硬地告诉健身房的工作人员他要退健身卡，不需要动情时巧舌如簧，需要认真时就期期艾艾。

大概，许多喜欢大声讲笑话并大声笑的人，都有类似的样子：他们不自觉地希望讨好周围的人，希望周围其乐融融不用太严肃，希望自己可以躲在笑声里以避开任何争执。然而这些人的内心却有点悲观。

默默地笑和笑出声来，又不相同。

每个人遇到高兴的事都会笑，但不一定出声吧？

当我们独自在家坐着，看一部好笑的电影时，大多会勾起嘴角。但会哈哈大笑，甚至笑到喘不过气来吗？那就不一定了。

不妨说，默默地笑来自愉快的心情；大声笑，则算一种社交礼仪。像埃默里大学的心理学家简·耶茨就认为：笑声是一种自我防御，人们依靠笑声掩盖自己不想面对的事。

儒家讲慎独，哪怕在人看不见的地方，也不能做见不得人的事。

类似的逻辑，如果在没人的时候不会笑出声，那么在有人时笑出声来，这笑声就有造作的意思了。反过来，有过类似经历的人自然明白：当自己独处时，还会发出笑声，多少带有自我催眠的意思，是希望自己能用笑声驱赶那些不愉快的思绪。

不妨说，笑是情不自禁的，发出笑声则是自觉自发带着意图的。人发出笑声，是希望别人与自己听得见。伦敦大学的索菲·斯科特说：人每次发出笑声，都是在一个满是镜子的大厅里。

众所周知，社交礼仪中，许多鼓掌声是虚假的。《老友记》

里有一段情节：钱德勒有位上司，是地道的霸道美国人，喜欢讲点没意思的笑话。钱德勒每次总是用夸张尖锐的假笑，来迎合上司。某一次他决定不笑了，老板脸色立时不悦："怎么了？我刚说了个笑话……你没听懂？"

到后来，笑声与掌声一样，也是服从的体现。当上司决定说个笑话时，顺从的人连不笑的资格都没有。

总而言之，哭和笑本身，都是情绪的自然流露。但笑出声和哭出声，情况就微妙一点。

在琐碎的社交和森严的等级下，哭和笑，许多时候都无法由衷，假笑假哭，甚至哭声和笑声都受到规定，那对人的精神才真是大大的摧残。

如何应对焦虑

对于抑郁的人,你从外表上不一定看得出来。毕竟许多抑郁的人不是长期愁眉苦脸,而是感受不到乐趣,也不相信自己能感受到乐趣。

许多人可能有过类似的体验:

感受变淡。

戳戳自己会觉得痛,但痛得很麻木。

仿佛动一动都要使尽全身气力。

在相同的环境下待着,觉得灰色云翳缓慢包裹自己的身体。

曾经觉得可口的食物,如今味同嚼蜡。

不喜欢自己的状态,经常会发呆。

多少会隔绝外界援助。听别人讲道理,可能也会点头应和,但进不了心里。

非专业人士的劝诫、干涉与关怀,起不到什么作用。

道理谁都懂,不一定劝得通。

这时候,如果可能,就第一时间找专业人士——专业的咨询师,专业的医生。

其他的,日常的,只说一点个人经验。

如果能换个全新的环境,脱离致郁的环境,最好;如果换不了,那尽量做到以下几点:

——调亮光线,提升体表温度。

人的情绪,很大程度上是受光线和体表温度影响的。冷而且暗,很容易抑郁发懒;暖和明亮,人就能活跃起来。

——收拾屋子。

这个听起来有点怪,但是我曾在一篇论文里看到,杂乱的屋子会让人沉溺于抑郁中,而且持续紧张。收拾干净的、敞亮的、光线充足的房间,会让人心情愉悦。

——好好喝水,吃东西。

人许多时候疲惫抑郁，是脱水了而不自知。实际上，大多数精神疾病所带来的恶化，都是由于"精神倦怠，饮食锻炼不规律，身体机能持续出问题"，如此恶性循环。而饮水，是这中间最容易被忽略的一环。

进食也能改善情绪，以我自己的经验，可以大量摄入肉类、水果、蔬菜与黑巧克力。黑巧克力对提振情绪有帮助，而且能够带来甜食的满足感；水果亦然，而且水果中还含有丰富的维生素，多吃柠檬、苹果、香蕉这些富含维生素D的水果还有助于缓解焦虑和抑郁情绪；富含蛋白质的食物容易带来饱腹感。

——做一些仪式化的、熟悉的事。

比如，做自己做习惯了的事，听自己常听的音乐，读自己喜欢的书，做自己习惯的工作。

如果工作的话，从自己最熟悉最流畅的那部分着手，以便让自己处于舒适区域中，收获自信，减轻危机感。

——允许适度退行。

退行在心理上算是一种自我防御机制，即做出不太符合自己年龄的事：看小时候看的漫画，玩小时候玩的游戏，收集小时候玩的玩具，诸如此类。

这不幼稚，这是一种自我保护。

——运动。

户外运动是最好的。能接触到光线，体表温度能够升高，还能受益于运动中分泌的内啡肽。

这上面的所有做法，隐藏着一个基本逻辑：

人的情绪是由身体决定的，确切地说，是由激素分泌决定的。

所以要控制自己的情绪，就时不时跳出来，告诉自己：现在的情绪，都是自己的身体这台机器出了问题在折腾。

人脑许多时候并不是那么理智的，所以与其拼命地做自我精神开解，不如想法子，用物理手段调试好这台机器。

最后，最重要的一点：

许多人的焦虑，是出于日常应激事件，偏偏人的大脑很怪异，你越想着"我不想吃西蓝花"，越会满脑子都是西蓝花。所以当你苦于吃西蓝花时，不要想着西蓝花，而该果断地想，"我要吃芹菜"。

别试图跟焦虑源较劲。

这不是逃避，而是合理而勇敢地救赎自己。

优点、缺点与经历

米兰·昆德拉在《笑忘录》里有句话很妙,大意是女人未必喜欢美男,但喜欢跟美女相处过的男人。

这句话随便怎么琢磨都行,我理解的是:人是经历所造就的。优点与缺点,都是你的一部分。

大多数让你觉得相处起来舒服的人,都是在悄然迁就着你。

极少数人天然懂得迁就,多数人往往是在经历过磨合、创伤、分手、重聚之后,才慢慢学会了怎么爱与被爱。除了极少数天赋使然的家伙,大多数让人舒服的人,是磨炼出来的,而且他们很可能已经在迁就你了。

当然，也有彼此经验都不丰富，但在一起天然合适的伴侣。这就很难得了，但更多的例子是：在一起觉得大方向合适，小细节不太舒服。这就很考验双方了。

我有不止一位朋友，这样错失一段乍看不错的缘分：

"我们在一起还算不错——就是你有个缺点，改了就好了。"

然后，改不了，不肯改，吵了，分了。

如上所述，人的性格是自己的经历造成的。

而绝大多数人的性格，都是一个套餐，没法单点。

性格活泼的人容易粗疏，性格沉静的人容易胆怯，有讨好倾向的人容易偏执，爱读书的人也容易认死理。

每个人的性格优点，往往后面裹着另一面。要改一项，往往就得全改。

大多数人的性格都不完美；每个人的性格真揭开来，都有因这性格导致的不快的往事，有不想去碰的创伤。两个人能够觉得投缘，一部分是因为彼此的优缺点甚至创伤，都是契合的。如果非要改，那也许就不契合了。

所以无论是试图讨好他人，还是跟他人相处，彼此求同存异地磨合，会相对比较好。过于积极地逼别人改变，或改变自己，最后都可能不太对。

毕竟找到合适的相处对象，也是为了愉悦和快乐。强行改变自己到了不愉悦不快乐的程度，又何必呢？

王小波在《2015》里，说过一个段子，说舅妈和舅舅亲热时快感澎湃、反应强烈，颇为反常。被人劝说要去看看医生时，舅妈冷静地说了句至理名言：

"要是病的话，这可是好病哇，治它干吗？"

休息

我上小学时,长辈告诉我:考上中学就好了!中学很轻松!然而好像并非如此。

我上中学时,长辈告诉我:考上大学就好了!大学就是玩!然而好像并非如此。

我上大学时,自己写东西,经常自我安慰:出本书就好了!然而好像并非如此。

我十年前在上海时,给自己画了一条收入线,"挣到这笔钱就没烦恼了"。然而好像并非如此。

我们每个人都习惯了拼命奔跑,总想着跑到一个点再休息。

然而，李宗盛有首歌《山丘》，如此唱道："越过山丘，才发现无人等候。"

大概世上并没有一个过去了就此一劳永逸没烦恼的阶段。

我做自由职业，没上过一天班。许多朋友谈起来，总觉得我很自由，随时可以休息。然而并非如此。自由职业者都知道，最过不去的，是自己那关。

这个时代，每个人都在追求效率，都有一种"我熬过去了再休息吧"的心思。这是一种切身的起伏感，甚至不能说是危机感。但总有些力量在推动着你：

"如果我这些时间不是用来玩，而是正经看看书，写写字，应该会好一些吧?"

"如果我把这些时间用在跑步、看博物馆、做短途旅游上，好像比玩游戏和赖床有意义吧?！"

如是，所谓快乐与自由，其实很多还是出于一种幻觉，一种归类后的自我认知。许多时候，枷锁不是外界给自己套上的，恰恰是自己给自己套上的。萨特举过一个例子：囚犯也是自由的，比如他有越狱的自由，只是得承担相应的责任——被抓住了，就自己承担后果。

同样，我大概也有随时随地去酒池肉林花天酒地的自由——

只要别怕付不起账。

我的许多朋友工作得累，都说过想要自由，然而一想到获得自由的同时，会失去未来的经济保障，就有些胆寒。但实际上，如上所述，他们失去了相对的自由，但获得了经济上的安全感这一精神需求；我获得的是自由的幻觉，但我就没有安全感。

说到底，我们渴求的自由与安全感，都是一种控制力。

我们希望能控制自己，不用身不由己。我们不停地奔跑，都只为了到那个地步，然后可以放心地休息。

但过不了自己那一关，怎么都停不下来。

如上所述，我可以自由安排自己的休息时间，所以我尝试过各色极端作息，得到了一点个人经验：

如果你真的给自己放一个超级大假，愉快度是会随时间递减的——第一周一定快乐至极，之后就未必了，而且状态会打折。久而久之，人甚至会废掉。

无休止地奔跑，以图一劳永逸，这其实是一种幻觉。不存在的。

所以，累了的话，随时可以休息，只是不要放纵式地休息。许多人的所谓休息，其实不是休息放空，而是纵情娱乐。

有规律地休息，有规律地工作，会让你不容易累。更重要的是，会让你胸有成竹，会让你哪怕在工作时都不慌不忙，会让你获得一定的控制力。

许多人怕的不是一眼望不到头的工作，而是不知何时可以休息的持续焦虑——通常，后者才是让你疲惫的主因。有些人的人生是走走停停，知道下一个落脚点有驿站，自然放心；有些人的人生是走沙漠，想一直走到绿洲，就可以停下来了。后者通常更容易焦虑，也更容易恐惧。

心里踏实了，拿得起放得下了，工作与休息才能相得益彰。

苏轼有一次爬某座山，看见半山腰一个亭子，想上去休息，爬了半天快累死了，看着亭子绝望；忽然脑子一转，"此间有甚么歇不得处？"——为什么不就地坐下休息呢？

于是如鱼脱钩，忽得自由。

世上没什么半山腰的亭子，可以让人一劳永逸。所以，"此间有甚么歇不得处"？

如果累了，为什么不就在此时休息呢？

人生并没有一个"拼过去就一劳永逸"的坎儿，所以，没必要挣扎着做任何事：

细水长流地工作加休息吧，人生是可以很长的。

安全感

我大学毕业两年后,初见一位事业有成的前辈,她问起我的职业规划。

我愣头愣脑地答:"从大学到现在,也算出了几本书,写杂志、报纸和互联网专栏,凑合也有点收入,就这样写着吧。"

前辈出于礼貌,脸上没流露出嫌弃,嘴里还是问了:"你没有单位,生病了怎么办?残疾了怎么办?"

我赔着笑说:"就只能好好锻炼身体呗,小病死不了,大病医不好……再者说,咱们不能老往坏处想,对不对?"

前辈说:"那你这样生活,太没有安全感了嘛。"

我说:"我觉得吧,安全感是自己给自己的。只要人还有用，没单位也能活下去。人没用了，单位估计也会把我撤了。所以，还是靠自己吧……"

身为有单位的人，前辈对我说的这番话，流露出了明显的厌弃之情，大概觉得我朽木不可雕。

有句话，我藏了没说：这位前辈，单位极为靠谱，他大概觉得我说单位的话，都是诋毁之词。但我在无锡的远房长辈经历了许多单位里的不愉快，这让我明白，"有一个单位"，未必能给人太多安全感——就算有，也是虚假的安全感。我妈以前跟人谈合作时，我爸总提醒她这一点："你如果对他没啥用，他干吗要跟你合作，白送钱给你？你只要有用，还怕他不跟你合作？"

然而我也理解前辈们：上一辈人，吃了许多苦，凡事多求稳妥。因此他们通常会要求你快点按部就班地将人生给固定下来——就业、结婚（不管对象是不是你喜欢的）、生孩子、供房子、为孩子上学存钱……只要绑定一个单位，这一切都有了着落，便能安然继续生活了。

我自己开始做自由职业，图的是简单清爽。的确，做这行，人际关系相对简单。合作熟了的编辑，彼此递一言两语，意思明白了，就不用多掰扯。你提要求，我交稿子，大家均得益。

对生活，自己心里也比较有数。比如某段时间很忙，但明确知道自己能挣到钱。某段时间钱少，但能享受点闲空。种瓜得瓜，种豆得豆。

收入和闲空难两全，好在自己也能权衡。多劳多得，少劳少得，不劳不得。

坏处当然有。比如安全感当然欠奉：没有后台，没有背景，什么事都得靠自己。

但好在，自由嘛。

为了维持这种安全感，理所当然，就要开源节流。

挣多少花多少？那是不成的。多挣，少花，就行。

我做这行唯一的好处——人际关系简单，少许多额外支出。

我没有提前消费的习惯，因为任何收入都是一笔一笔来的，得量入为出。坏处是没法买大东西，做不了大生意；好处是不用背债，也没什么牵绊。日复一日，自由职业者的安全感，就是这么来的：

"我还能挣钱，我的开支还不大，我没有欠债。"

当然，自由职业者太特殊了，但运气好的是，旁观者清。我的同龄人们，陆续进了各自的单位，有了各自的人脉。我自己写字途中，也承蒙各色单位青眼，给我面子，但我终究没法去上班。

我从开始写东西起，报纸专栏、杂志专栏、互联网文章、纸书，都写——没法子，自由职业者没有挑选的权利。多年以来，我供稿的纸媒中，也有几家不做了，有两家"你可以来我们这儿做编辑嘛"的纸媒，直接消失了。反过来的好处就是，哪一家消失了，我也不会因此忽然没饭吃。

这个时代，大多数普通人，找到单位，是拿自己的时间与劳务，交换足够物质与精神食粮的酬报。这样挺好。我爸就这样干了一辈子。但许多普通人因为单位给的安全感，于是敢提前消费了，置家业了，这其实是冒风险的——所以在变故到来时，他们往往措手不及。

更长远一点，延长到一生的话：年轻一些的人，都希望能够在自己所做的行当中中个头彩。时来天地皆同力，运去英雄不自由。父母们也指望"学个热门专业，将来好挣大钱"。

但时代行进得太快了，谁知道今时今日的热门专业，将来会如何呢？2003年，还在用光猫上网、用诺基亚打电话的你，料得到今时今日的移动互联网的时代吗？也未必想得到移动互联网居然会让直播行业和影视业这么发达吧？同理，我们也未必想得到2030年的世界是什么样的。

伦纳德·巴伯认为，社会科学的意义在于控制与预测。但因数据有限，最多能够控制预测到一个范围之内，所谓人算不如天算。

所以，安全感，只能来自自己，来自自己的日常。

开源节流，学习，保持健康，善待家庭，不要把自己的安全感寄托在别的人或别的事物上。

开头提到的那位前辈，十几年后再见到我时，颇为不快，似乎她的单位有颇多不厚道处，让工作了几十年的她大有被辜负之感。

时候过了，也能够谈开了。我们聊了聊，总结出了这么种心态：人都会下意识地为自己的立场说话。不在单位的人，比如我，就会想尽一切办法说单位没啥用，安全感只能来自自己；在单位的人，则会想尽一切办法说单位特别好，安全感来自单位。说来说去，我们都是希望在说服别人的时候，说服自己：现状特别好，就这样吧……

所以，自由职业者和在单位的人，骨子里都没啥安全感。大家都在想法子找理由说服自己罢了。所以我上面这番话，您也别全信，毕竟其中不无自我安慰的色彩。

但是，您看，安全感这东西到底有没有，到最后，需要说服的，还是自己呀。

睡多久
才是对的？

许多有名人物会吹自己睡得少，但很少提自己打盹。

真不睡觉的传奇也有，比如英国的蒙巴顿吹过，自己年少时，曾经一口气连轴转八十八个小时。当然，那一口气八十八个小时其实他是参加各种社交舞会，并不是伏案工作。饶是如此，也没法持久。

按当年《纽约时报》的《当天才睡着时》中的说法：

巴尔扎克出了名地每天工作十二个小时，但他每天晚上六点到凌晨一点睡觉。睡七个小时。

弥尔顿，晚上九点到凌晨四点睡觉。睡七个小时。

富兰克林,晚上十点到凌晨五点睡觉。睡七个小时。

卡夫卡有段时间夜里只睡两小时,但他下午会睡四个小时,加上打个盹什么的,还是有六七个小时的睡眠时间。

大哲学家康德的时间表,出名地固定:

五点起床。喝茶,抽烟,备课。

七点到九点上课。

九点到下午一点,主要用于个人研究,他的著作大都在这个时间段完成。

下午一点到四点吃午餐,见客人。

下午四点到五点,出门散步,镇上的邻居都是看他出门时来校准自己钟表的。

下午五点到晚上十点,阅读、备课或写作。

晚上十点睡觉。

也还是有七个小时睡眠时间。

各人体质不同,的确有人睡眠时间很短,但也有人睡眠时间很长。但基本上是这么一个原则:

少睡还能保持好状态的,哪怕有,也是极少数者。大多数健康的人,是需要每天七个小时睡眠的,起码。通常,精神和身体负担越大的,越需要睡得久。

比如你一天四体不勤，啥都不读，懒洋洋的，那睡少点也没关系。如果一天奔走不停，摄入无数信息，还不睡，那就真是自寻死路了。

至于常年缺少睡眠还能生龙活虎的，肯定有，但是少。

另外，有些不眠不休的传说，其实是被夸大了的。

传说中拿破仑可以一直不眠不休。比如什么会战前夜习惯午夜十二点睡到两点，起床，口授所有战术，然后从早上五点睡到七点，开战。

然而他的秘书路易·德·布里耶纳说，除非战争最紧要时刻，平时拿破仑是每天午夜十二点睡到早上七点。有时七点了，布里耶纳去卧室叫醒他，拿破仑会说："啊，布里耶纳！让我再躺会儿！"于是翻个身继续睡。布里耶纳躲出去，等到八点再叫醒拿破仑。

任是拿破仑这样精力无限的，每天也得睡七个小时，时不常还得打个盹什么的。如上所述，牛人一般吹自己睡得少时，很少提到自己打盹瞌睡的事。

睡不好除了对体力和大脑不好，对生活方式也有吓人的影响。

伦敦国王学院有个结论：睡得越久的人，饮食越健康。反过来，睡得越少，就越渴望高糖食物，而人的自控力也会减弱。

日常生活中，大家估计都有体验：前一天睡足了，醒来后无论饥饱，总会想吃点实在的食物；前一天没睡足，对高糖分食物就没啥抵抗力了。

压力大→睡不好→焦虑→恶性循环→需要摄入糖分来慰藉→发胖。

说到缺少睡眠导致自控力减弱……也不奇怪。许多人不肯睡觉，是因为还没玩够。"这一天属于自己的时间太少，好容易能做会儿自己，玩会儿才不算亏。"这很正常，也是心理健康所必需的。

但熬夜到后来，明明神思困倦，也玩不出什么乐趣，却还是不肯睡，麻木地反复刷手机，感受力和自控力都下降，明明感受不到快乐了，出于惯性，还在继续熬夜。这就不太好了。

我读过的一个英语专栏，几人晚上喝酒，开始挺欢快，后来醉了，还想喝时，其中一位经验丰富的老哥说："这往后再喝也喝不出乐子了。这一夜最好的时光过去了。"

所以在还开心的时候，见好就收，让这一夜过去吧。

带着这份好心情，回去好好睡，等新一天到来。

我觉得这段话用来说熬夜，也很适合：一旦开始意识到自己在麻木地反复刷手机但其实没啥目的时，就先放下，睡吧。

所以，别被那些"自律的人都不睡觉只顾拼命"的话术忽悠了。宣扬那些的，巴不得你少睡、头昏脑涨想不清楚，继续被他们忽悠呢。

真正的自律，是能在这个诱惑不断、焦虑无限的年头，暂时放下，好好地睡觉。

休息时间

以我的观察，人的行为模式，似乎和剩余休息时间相关：剩下的闲暇时间越短，人越焦虑，越图一时的痛快。

比如，知道只有六七个小时休息时间了，此时应该休息，应该健康饮食，却一边拼命摄入不健康但能取得短暂刺激的食物，一边拼命刷网页获得短期快乐。然后在疲惫之中，麻木地继续恶性循环。

比如，同样是第二天早上有事，如果是头一天晚上八点多睡，就相对睡得着；如果是午夜睡，反而焦虑起来了：

"我得睡啊，不然明早没精神啊！"

越是如此,越睡不着。如果这时候来一条短信通知,说第二天早上那事推迟一天。呼,立刻就放松了,睡得着了。

相对地,剩下的闲暇时间越长,人越淡定。

我小时候,周末有双休时,心情悠然自得多了。周五心情最愉快:从容不迫,悠游自在,没事,有周六呢。

周六也不赖床了。玩!出门打球!逛书店!放风筝!跟朋友一起骑车去!探亲!访友!怎么都行,因为知道周六再怎么折腾,还有个周日呢。

周日一早,还是一如往日:和煦的阳光,平和的上午。因为前一天玩过了,下午也就能舒舒服服地过了。只是到了周日下午,会稍微焦虑起来,但如果之前过得充实,就似乎没什么遗憾的。

如果闲暇时间更长一点呢?比如,知道有一周休息时间,许多人就会倾向于离开现有环境,哪怕新环境未必比现有环境有趣许多。

2012年,以杰西卡·德·布鲁姆为首的几位心理学家,做了一个研究。他们发现,相对长的假期之中,人会比平时进行更多运动、更多社交,健康状况和心情也更好。很关键的是,受试者平时日均睡眠有6.7个小时,假期中却有7.4个小时。

明明更欢腾了,但因为进入了另一种生活节奏,压力少、空闲多，让人可以玩够、睡足，于是健康状态也好了。

您会说假期嘛，本来就少，可遇而不可求……但对待假期的心态，却另有说法。

有位科林·韦斯特先生和他的团队搞了个小测试，同样一个周末，吩咐两组人用不同心态应对。一组人把这两天当成普通的周末，该干啥干啥。另一组人把这两天当作一段假期，按照假期安排过。

有意思的来了。

普通过周末的人，还是忙些日常事务，该焦虑的焦虑，该迁延的迁延，更多的时候在原地焦虑，琐碎地消磨时间。

将周末当作假期的人，心情愉快多了，更在意当下，活动积极性也强得多了。周末结束后，他们心情愉悦地重返工作。

大概，同样是那么几天，周末是工作生活的延续，假期却是另一种生活节奏——前一种不免将日常生活中的焦虑带到了周末，后一种却完全过另一种生活，于是更健康。

似乎是这样：人只要觉得时间是碎片化的，就会焦虑，就会下意识追求各类短期的刺激，不停地拖延，来对抗焦虑。有的人也会更安于现状，更多人选择原地不动，如此重复。

反过来，如果觉得时间足够充实，人的焦虑就会减少，拖延反而会减少，自主行动力也会更强些，甚至尝试过另一种节奏的生活。

容我以小人之心度君子之腹：许多老板喜欢把假期切割碎，没事也要找点事折腾，目的便是让部下保持焦虑，保持原地转圈。挤出来点时间，够部下睡个不足的觉、消费点不健康食品就好。毕竟，让部下吃健康了，睡足了，脑子清楚了，见识过另一种节奏的生活了，不那么容易焦虑时，部下就会很容易开始琢磨一些老板不希望自己想明白的事——先前这种原地转圈的焦虑生活方式，到底是图的啥？

只管开始做

要读书，怎么读？南宋理学大师朱熹说：

"书只贵读，读多自然晓。今即思量得，写在纸上底，也不济事，终非我有，只贵乎读。这个不知如何，自然心与气合，舒畅发越，自是记得牢。纵饶熟看过，心里思量过，也不如读。读来读去，少间晓不得底，自然晓得；已晓得者，越有滋味。若是读不熟，都没这般滋味。"

就此一棍子，打翻了写读书笔记、熟看过、思量过的诸般法子。

要写字，怎么写？

尼尔·盖曼说："写，写完一个；持续写。"

吉恩·沃尔夫说："开始写下一个。"

帕慕克说："每天在书桌前，坐十个小时。"

初听此话，真是坑人。我们要的是诀窍，是建议，是游刃有余的秘方，你却叫我们照样子夯练！坑死人啦！是把我们当傻瓜吗？

但稍微回想，还真是。庖丁解了十九年牛，才做到游刃有余。

有人会说：帕慕克呀，你是作家，你可以每天写十个小时，我们没闲空啊。

话说，马尔克斯说过一个段子：1971年，聂鲁达在巴黎，听某个可靠的朋友透露，说他将获得诺贝尔文学奖。聂鲁达先生那年六十七岁了，离过世还有两年，到底不能像年轻人刚进洞房，猴急跳脚脸火烫。他只遍请巴黎的诸位朋友吃饭，人问他理由，他只笑而不答。直到消息出来，诸位恍然大悟，纷道恭喜。其中一位问："那你领奖词准备说啥？"聂鲁达一拍脑袋："高兴得忘了！"扯过张菜单，翻个面，就用他招牌的绿墨水开始写起来。

这故事能讲得开，前提是聂鲁达先生那些年在巴黎。他在巴黎干吗呢？工作，在大使馆上班。实际上，他老人家是正经外交官。

实际上，文学家和作曲家等，大多是兼职：

凯鲁亚克并不总是在路上奔驰，也会去铁路工作。

艾米莉·狄金森除了写诗，还是一位园艺家。

罗伯特·弗洛斯特一边写诗，一边躬耕田园。

华莱士·史蒂文斯一边写诗，一边当保险推销员。说到推销员，胡安·鲁尔福也曾经一边在墨西哥开车到处推销轮胎，一边构思他影响整个拉美文学界的《佩德罗·巴拉莫》。

康奈尔大学的教师纳博科夫教两门课，讲义都印得出《文学讲稿》，趁假期出去捉蝴蝶时，下雨天闷在车里写小说，写了五年，弄出了《洛丽塔》。

李后主、李后主他爹李璟，外加冯延巳，包括之后的晏殊，都是一边做着帝王或人臣，一边顺手把词从五代发展到了宋初。

李斯特得绕世界巡回演出，比如他著名的十个星期演四十场的传说，利用闲暇时间写曲子。马勒很长时间里主要忙指挥工作，抽空写曲。鲍罗廷本行是医生，又是化学家，得等他把那些瓶瓶罐罐都处理罢，才能写曲子去。

他们大多本身另有职责，而且负担不算轻，业余搞出的创作反倒"喧宾夺主"成其大名。

海明威说，艾略特的巨作《荒原》是他在银行工作时写的，但没名没钱之前，艾略特就是不敢辞职。当时在巴黎的庞德，虽然诗稿卖不出去，穷得想去当翻译算了，但还是伙同诸友捐款，"把艾略特从银行拯救出来"。艾略特一直描述：那些东西，他无法不去写。

村上春树的第一、第二部小说，是在经营酒吧的间隙写完的。非常辛苦，辛苦到他写完第二部小说后就决定不再开店了。但他还是撑下来了。他自陈写《且听风吟》时，甚至没有当小说家的想法，仅仅是必须写完这篇小说，他甚至没有考虑过写完之后怎么处理（最后投给了群像新人奖评委会），但至少写完之后，甚为舒畅。

写作就是他们的舒适领域，就是他们的自我疗护。他们写字，一如如今的我们，刷网页看轻碎有趣的信息。

写字和读书当然有技巧、有仪式，海明威是这方面的大师。虽然世界一直在念叨"冰山理论"，但他最经常念叨的是这两条。

A. 优裕的生活环境、规律的生活、强健的身体，有利于持续写作。

B. 在写得顺溜时停笔，如此第二天才好很方便地继续。

当然，海明威还有什么摸摸兜里的兔子腿之类的行为，给自己加油提神，那是迷信。但他确实可以一下午写三个短篇，《杀人者》《十个印第安人》是同一个下午写出来的。他没有"我写完一篇了，这下午没活了，我去玩会儿吧"的习惯。这其实也就是做任何事的真正诀窍了。实际上，无论哪个行当，任何人都会有"今天老子不想干了"的心思，但到最后，还是去继续干了。

人想必都有一两次这样的经验：

当你有选择的余地，不去做一件事时，多少会想法子推诿；但当你被限期勒令做这件事时，你还是会推诿一阵，你会觉得"这样实在太难受了，想起来就像是身处地狱啊"，但压力之下，便会进入一种疯狂的工作节奏。你高速劳作，极为顺手，等做完后回看才发现自己有多大的潜力，"我居然做完了！"。而在做完这档子事之后的一段时间，你会有些茫然若失，你会带着惯性，继续高效劳作，就像一辆刹不住的车子。你会习惯于这种紧张而高效的岁月，甚至对自己的清闲产生罪恶感；而促使你继续劳作的，就是这种罪恶感。

许多时候，人就是如此：自以为许多心结，自己无法克服；但时候到了，心理会自然把曾经厌恶的一切，归为自己可接纳的部分，并自动从完成度上寻找快感。许多工作狂大抵如此，靠着连续不断的自我施压，击破压力来获得快感，终于欲罢不能。

所谓巧妙的读书方法,所谓巧妙的工作方法,许多仅仅是变着法地自我激励和自我暗示,是对心绪的谄媚,绕着弯哄自己,坐下来开工。所以许多法子,能有用一时,却无法持续刺激自己。除了少数天才,事情的成效在于你投入的时间,而投入的时间,必然受制于拖延症。要击破这一点,就必须对所做的事情,不只有爱,还有饥渴感。许多时候的爱,只是将之当成一种仪式;只有真正从中获得了乐趣,才会有上瘾般的偏好,才会有一种"我一空下来就得做这个"的想法,而不是"我是要做这个的,不过等等我先看会儿闲书吧"。

马尔克斯早年在哥伦比亚当记者。白天工作,晚上去一个下等妓女睡的大车店歇宿,乘隙写小说。年近而立之年的他后因报社被封而失业,他先后在巴黎、波哥大、纽约等多地辗转,然后去了墨西哥。在墨西哥时,他已经写完了五部小说——全是工作之余写的——只有一部《枯枝败叶》出版了,印了千余册。很多年后,他回顾那段生涯,说过这么一句话:

"我当时觉得,我可能再也没机会写小说了,所以像写最后一部小说一样,把一切都倾泻进了《枯枝败叶》。"

成就来自经年累月的累积,累积来自坚持,坚持受着快感的鼓励,快感则是可以通过自我压迫和释放来获得的(再说一遍,人是有受虐倾向的）；而许多时候，自我压迫，就来自得不到或即将逝去的恐惧。

所以，一种自我蛊惑的心情是："如果我现在不做某事，也许以后也没时间做了。"

当然，到最后，当你把心理深层那些欺软怕硬、好吃懒做的东西都摸明白了，也就没必要自我蛊惑了。你能够洞悉所谓拖延症，也只是耽于舒适领域，所以便只剩干脆一点，不要前思后想，只清空大脑，然后简单粗暴地给自己一下：

"别多想，只管开始做！"

穷怕了

我小时候使不好筷子,又吃饭粗疏,桌上偶有饭粒。我爸妈常叮嘱我把饭粒——无锡话读成mi su——捡了吃了,又笑我简直下巴有缝,不然怎么老漏饭。对这种嘲笑,我不以为然。

后来年长了,这习惯改了。

一方面是因为我筷子使熟了。另一方面是因为我上大学前,在家里住,衣食无忧;上大学后自己租房挣钱过日子,稍微饿过几顿后,特别馋肉,尤其是红烧肉。出去吃饭,在家开伙,每次都连盘带碗全吃干净了。那会儿还爱在家里囤泡面。不一定吃,只偶尔午夜饿起来时,摸出一包就有,看着都开心。因为很深刻地明白了这点:

"这每粒饭,都是我敲键盘敲出来的。"

村上春树在哪篇小说里提过,他戒烟,是因为怕被烟瘾控制,万一烟瘾上来了没的抽,难受。同理,你囤几包泡面不费功夫,但想吃时吃不到那份抓心挠肝,经历过的自然明白。
大概每个爱囤积的人,都有这么一点前因。

我已故的太婆,二十世纪初生在常州,据说是家乡出了事,才来无锡的。饿怕了,她床底下,总藏着一缸小米。别人来打砸收,也搜不走,她觉得安全。每当提起此事,她便说:"你们没吃过苦头!"

后来我读阿城《棋王》,里面说到过类似的囤米故事,大概是长辈们共有的习惯。小说里"我"还给爱吃的王一生说了另一个囤积的故事,即杰克·伦敦的《热爱生命》,那个故事结尾,经历艰险的主角犯了囤积病,在褥子底下藏饼干。

王一生对这个故事,有很矛盾的评价:"这个人是对的。他当然要把饼干藏在褥子底下。照你讲,他是对失去食物发生精神上的恐惧,是精神病?不,他有道理,太有道理了。写书的人怎么可以这么理解这个人呢?"

但王一生又认为:"杰克·伦敦,这个小子他妈真是饱汉子不知饿汉子饥……杰克·伦敦后来出了名，肯定不愁吃的，他当然会叼着根烟，写些嘲笑饥饿的故事。"

当"我"试图辩白"杰克·伦敦丝毫也没有嘲笑饥饿"时，王一生不耐烦："怎么不是嘲笑？把一个特别清楚饥饿是怎么回事的人写成发了神经，我不喜欢。"

但过了些时候，两人再相遇时，王一生又承认："你在车上给我讲的两个故事，我琢磨了，后来挺喜欢的。"

这里王一生态度的变化，我这么理解：他自己对吃有着类似的虔诚，对饥饿有着类似的恐惧。所以他承认杰克·伦敦写得很真切，但不喜欢这种故事被如此明晃晃地揭露出来，于是觉得杰克·伦敦"饱汉子不知饿汉子饥"；要过些时候，不觉得这故事在扎自己了，才会承认，"后来挺喜欢的"。

话说，大多数做出奇怪行为的人，多少都有过心理阴影。我遇到过上飞机后紧紧捏着晕机呕吐袋，还会问我要不要，说不要他就拿走了的朋友，那是真呕过；遇到过凡是见高速公路休息区必须上洗手间的朋友，那是真憋过；也遇到过打游戏快完蛋了都不肯吃"药"的朋友，打到结尾还留着一大堆道具呢——那是小时候打游戏，真弹尽粮绝过。

姜昆与唐杰忠合作过一个相声，里头有段台词：我着急。那醋，我打了一洗澡盆；酱油，两水缸；花生油，十五暖瓶；味精,八抽屉;花椒面,一大衣柜;黄酱,一被窝!"

乍看很好笑,但这个小品当时的背景,是价格"闯关"。

物价要涨。真有盛夏抢毛衣毛裤的,一个人抢购五百盒火柴的,一个人抢购两百公斤食盐的。据说当时有一斤装的某品牌酒从二十块蹿到三百开外的。

每一个让人微笑的小包袱,都可能藏着许多人痛苦的生活经验。

给姜昆写这段相声的,是梁左先生。后来他写的《我爱我家》里,和平梦回二十世纪七十年代。当贾志国说她想吃啥就给她做啥时,和平要求吃炸馒头片,"抹上厚厚的一层芝麻酱,再撒一层厚厚的绵白糖"。

生在1982年的贾圆圆吐槽:说了半天就吃这个,我都能做。大风大雨闯过来的爷爷解释:那谁不会做呀。关键是那会儿没原料。以前啊……啊对,就是现在,这些东西都是凭证、凭本、凭票供应,每人每月是半斤油、半斤糖、半两芝麻酱……

——那真是苦过的人,才明白其中的辛酸。

类似的故事,巴尔扎克小说《欧也妮·葛朗台》里也有。英法交战时,糖一度是奢侈品,所以哪怕拿破仑都下去了,吝啬鬼葛朗台还觉得喝咖啡不该放糖,"冲些牛奶,咖啡就不苦了"。

囤积和吝啬，是会有延续性的。有时哪怕苦劲过了，囤积的习惯会绵延下去。

余华《许三观卖血记》结尾有段绝妙的剧情。许三观一辈子靠卖血来渡过难关，很是悭吝，不肯为自己花钱，除了卖完血后去吃个炒猪肝喝杯黄酒。到晚年，想自己享受一回了，习惯性去卖血，人家不要，他急得哭了。妻子说，我们自己有钱。给他点菜，问他要什么。许三观反复要了三份炒猪肝与黄酒，排在桌上，笑逐颜开；吃一份，看两份，对妻子说自己这辈子就今天吃得最好。

所谓有钱了什么什么买两份，吃一份看一份，大家都当笑话讲，其实特别写实。匮乏过的人，都有对匮乏的恐惧；吃着碗里的是身体高兴，看着锅里的是心理高兴。会为了几块钱讲究，在物质上自苦？那是为了克服心理的痛苦啊！我们无权苛责，天知道这样的人，吃了多少实实在在的苦呢。

大概，真得经历过了，才会知道，每一种囤积病背后，都有无限深藏的痛苦与阴影。真得经历过了，才能明白那份苦涩：

那藏在褥子下的饼干，床底下的米缸，不加糖的咖啡，幻想里"厚厚的一层芝麻酱"，三份炒猪肝与黄酒。

精神股东

好像这是个不同产品用户会互相吵架的时代。不同牌子的用户会互相撕扯,以维护商品厂牌为己任,做出非要四夷宾服的样子。

《天龙八部》里,萧峰感慨过这问题:"为什么大家好好的都是人,却要强分为契丹、大宋、女真、高丽?你到我境内来打草谷,我到你境内去杀人放火;你骂我辽狗,我骂你宋猪。"

这涉及疆域、历史、气候、文化、战争,当然复杂了。而在商品社会的现代,大家好好的都是人,还同文同种,为什么会为了一款消费品互骂猪狗呢?

消费者的心思姑且不提，球迷的心态，我是稍微知道一点的。

喜欢一支球队，对其灌注了热情，而后将自我代入了那支球队，于是看敌对球队不顺眼，"球队的敌人就是我的敌人"，感觉我们的球队赢了，好像我也赢了似的！

许多球迷，差不多有这种心态吧？要不然，怎么会有人对两支球队——也许还在异国他乡——的胜负，那么在意呢。

自我代入的力量是很大的。

其他领域，也有类似的心理。二十一世纪初，有个需要大家用手机短信投票的选秀节目。我有位朋友狂热地为某位歌手投票，还在QQ上组织一群朋友投票。

我也被她拉着，听了几次那位歌手所唱的歌，但确实不合我的口味。出于客气，我没怎么说。后来那位歌手形势不利，我那位朋友一度气到暴跳如雷，还组织过拉票营救活动，希望那位歌手免于被淘汰呢……

几年后，那位歌手回归默默无闻了。我那位朋友过了那个坎儿，也能敞开跟我说了：她喜欢那位歌手，是觉得那歌手某几个唱腔像她自己，所以就代入了；她也知道那位歌手水平一般，但就是觉得，自己跟那位歌手是一体同心的，如果和那位歌手的粉丝齐心合力地把那位歌手捧上去了，也就等于是自己赢了。

当时情急关心,现在过了,就不觉得了。——嗯,还是自我代入了。

当然,这种心理还有群体的力量在推动。

独自喜欢一样东西,是一回事;扎到同好群里,心态很容易起变化。我们都知道,一个群体的口号,越理性越没人理会,越感性或越扯淡,越有人跟从。

许多人就会不自觉地跟大家一起玩一起闹,一起叫一起跳,进而获得了极大的快感,再一代入,就有了"我就代表我们的团队""我们团队比你们强,我就比你强"的幻觉。

需要优越感的人,会发现这是最方便的优越感来源;需要发泄情绪的人,会发现对立面就是最好的情绪发泄口,还能顺便获得安全感和群体归属感,何乐而不为。

回到消费者本身。本来,人是人,物是物。人买了东西,是服务于自己的。也就是我外婆那一辈的老太太,会买个菩萨塑像,回自家供着,把物奉得比人还金贵。

但有些人会觉得,物比较珍贵,甚至被牵着走。比如《骆驼祥子》里,祥子花三年攒足钱买了辆车。那辆车象征着他的血汗,象征着他的生财之道,象征着他的理想与未来。所以他格外爱那辆车,以至于后来虎妞吐槽他:"老说车,车迷!"

我有位远房长辈，据说年轻时骑车摔了一跤，摔坏了凤凰牌自行车，摔破了一件的确良衬衫，于是号啕大哭，一度不肯吃饭，按现在来看是抑郁了。

为什么呢？因为一来那东西贵；二来他准备了这两件装备，是打算去找女朋友的——据说那时候，这两样东西加一块上海手表，就能哄得女孩子神魂颠倒。

大概，（对当时的人而言的）奢侈品，特别容易牵动人吧？毕竟太昂贵了。

话说，消费品里，最奇怪的就是奢侈品。

本来奢侈品做出来，得靠消费者买。但能够吊着消费者买，还能卖出高价，是因为这些品牌素来能掌握主动权。品牌高冷在上，用户卑微追捧。

这就得靠品牌的话语权和用户定位。用户买奢侈品，图的不是价廉物美，而是靠稀缺性构成社交距离和价值观表达。

而后两者，天然构成鄙视链，还是跟身份与优越感有关。

那么，走不了稀缺品路线的大众消费品，怎样才能让消费者忠诚追捧、自觉屈从于品牌呢？

比如，豆腐脑是甜的还是咸的，这本是个口味之争。但争久了，就有人认真了。这里头已经有了身份认同、优越感和价值观了，就进入了群体之争的范畴。

按我那位朋友捧歌手的逻辑，我站咸，你站甜，只要把咸捧上去，就是我比你厉害！

同理，一款商品，如果是走大众消费品路线，做不到奢侈品的稀缺性，那就不妨搞个同好群，搞一堆标签和身份认证，然后把这玩意当标签，往用户脸上贴。要用各种手段，让消费者相信：这件商品就代表了你。你用了这个商品，这个商品就与你的身份合一了，你就进入了一个群体。

其实这挺扯，那些产品又不是《西游记》里的法宝，有这么厉害吗？

无所谓了，就要想法子告诉你：用户群体争光就是你争光，用户群体丢脸就是你丢脸。如此，用户当然要维持这个群体的尊严了。

如此，本来消费品用户应该是品牌的上帝，如今却变成了这个品牌的开路先锋。明明你是个独立的人，明明其实没有股份，明明某个品牌还挣着你的钱，你却要为这个品牌到处打抱不平。

全都因为"消费的东西就是自己的身份"这种幻觉，明明他人也许瞟一眼根本没注意到你在用这个产品，自己却一门心思想：

"我用了这个产品，所以这个产品赢了，就是我赢了，这个产品输了，就是我丢脸！"

  这么做也无可厚非。人都希望有个性，人都希望在这个沉浮不定的世界上，有某种身份证明。人也确实会爱上某款产品，为之喝彩。但是否值得为此急赤白脸、鸡飞狗跳呢？那就是个人选择了。

  我故乡某座桥边，沿河有几处工厂，工厂和工厂之间经常打友谊篮球赛。后来那几个厂散了，人员内退的内退，下岗的下岗。篮球场还在，我们几个小伙伴常去玩。我还记得篮球场观众席上留着某场比赛用的横幅："厂耻我耻，厂荣我荣！"

  老一辈工人吃住生活都在厂里，会这么想，也不奇怪。

  现代自由市场下，消费者若对消费品牌抱了这个心态，可能就得想一想：明明自己应该是品牌的衣食父母，怎么就成了精神股东、免费死忠推销员了呢？有多少是出于真诚的爱，有多少是出于……呢？

PUA[1] 消费者

《水浒传》里有个名段落。白秀英和白玉乔在郓城县唱曲,唱完一段要赏钱,恰好要到了急匆匆来、忘了带钱的雷横面前。雷横没钱,于是被白秀英父女挤对。当时父女俩各有一套说辞。

白秀英负责哀怨刻薄:"手到面前,休教空过。""头醋不酽彻底薄。官人坐当其位,可出个标首。""官人今日见一文也无,提甚三五两银子。正是教俺望梅止渴,画饼充饥。"

---

1 指在一段关系中一方通过言语打压、行为否定、精神打压的方式对另一方进行情感操纵和精神控制。

她爹负责直接骂:"我儿,你自没眼。不看城里人村里人,只顾问他讨甚么。且过去问晓事的恩官告个标首。""你若省得这子弟门庭时,狗头上生角。""便骂你这三家村使牛的,打甚么紧!""只怕是驴筋头。"

以前看,只觉得这俩何必呢,就盯着雷横这一只羊薅羊毛?

之后也明白了,这是配合的套路。

有些消费是理智消费,吆喝一下,挂个招牌就是了,柴米油盐,大家都要买。面对那些非必需品时,得靠表演。集体看表演时,反馈能引起连带效应。所以十九世纪巴黎戏剧院有假掌声,二十世纪中叶电视喜剧有罐头笑声;同理,看到有人一掷百万,大家都会乐意掏钱。

白秀英和白玉乔的父女双簧,白秀英负责捧,捧得你下不来台;白玉乔负责骂,骂得你羞赧。他们未必真要雷横的钱,他们要的是个示范效应,有人带头给钱。

"头醋不酽彻底薄",的确是真理。父女俩的配合,都是套路。没有感情,全是技巧。

他们薅了雷横一遍,才能规训到其他人:

"你们看,有人带头出钱了!你们还不跟着?"

"不掏钱的人,看到会怎么没面子,怎么挨羞辱了吧?"

当然,这路双簧羞辱,掌握不好分寸,就容易跑偏。这不,雷横就气得揍了白玉乔。然而白秀英立刻跑去找她的相好县令,把雷横处理了。

大概,多数没啥后路的人,说话都还会留三分余地;敢公开规训恩官的,大多有后台有退路,有人给兜底。